木
譚

篠 綾子

幻冬舎時代小説文庫

梔子《くちなし》の木

小鳥神社奇譚

梔子《くちなし》の木

小烏神社奇譚

目次

一章　鵺が鳴く城

一

季節はめぐり、いつしか冬。

草木にとっては、耐え忍ばねばならない厳しい時節だ。しかし、やがて芽吹く時を待ち、地中で安らかな眠りに就いた種や球根たち――そういう目に見えない草木の命に思いを馳《は》せると、立花泰山《たちばなたいざん》はいつもあたたかな気持ちになるのだった。

泰山は医者にして、薬草を育てる本草《ほんぞう》学者。自分の家の庭でも薬草を育てているが、上野の小烏《こがらす》神社の庭も借りている。よほどの悪天候でもなければ、毎朝毎夕、小烏神社に立ち寄るのが日課であった。

その十月初旬の朝方も、泰山は往診前に神社へ向かったのだが、ちょうど泰山の家と小烏神社の真ん中あたりでのこと。

「ワン、ワン」

泰山は犬に激しく吠《ほ》えかけられた。見れば、黒と銀《しろがね》の交じった毛色の大きな犬である。額から耳、項《うなじ》にかかる部分が黒色で、それ以外は輝くような銀色だ。

「お前はどこの犬だ。それにしても、きれいな毛並みだなあ」

泰山はその場に屈《かが》み込んで、犬の頭に手を伸ばした。

「ワンワンワン」

犬はどういうわけか、それまでよりも激しく吠え立てる。

「おいおい、どうした。私はお前を傷つけたりしないぞ」

泰山は何とか犬の機嫌を取ろうと試みたが、犬は吠えるのをやめようとしない。

「どうも、嫌われてしまったようだな」

結局、泰山は犬の頭を撫《な》でるのをあきらめ、立ち上がった。

「どこその飼い犬かと思ったが、あまり人に慣れていないのかな。野良《のら》にしてはきれいな毛並みをしているが」

泰山は頭をひねったものの、その間も犬は吠え続けている。

「ではな。飼い主がいるなら、早く帰った方がよいぞ。お前が野良なら、腹が空《す》いた時は私に声をかけてくれ。ああ、病にかかったり怪我《けが》をしたりした時もだぞ」

泰山は犬に言い置き、背を向けて歩き出した。

犬は吠え続けていたが、しばらく行くと、吠え声も聞こえなくなった。さすがに興味を失って、どこかへ行ったのだろうと思いながら振り返ると、何と真後ろにいるではないか。

「どうしてついてくるのだ」

また吠えられるかと思いきや、今度は尻尾《しっぽ》を振っている。

「お前、さっきまでとまるで別人じゃないか」

そう言った後、「いや、人ではないな」と自ら呟《つぶや》き、「いやいや、そんなことはどうでもいい」とさらに言う。

「とにかく、お前、私を好いてくれるのは嬉《うれ》しいが、ついてこられても困るのだ。私はこれから仕事があるし、その前に友人のところへ寄らねばならん。その友が犬好きかどうか、私は知らぬ。万一、犬嫌いだったら迷惑になるだろう」

「ワォーン」

と、犬が鳴いた。先ほどまでと違い、甘えているふうにも聞こえる。一声鳴いた後は、泰山を見上げながら、尻尾を盛んに振り続けていた。

「ううむ。私は帰りがけにまた、ここを通るから、その時に会えたら、私の家で飯でも食わせてやろう。すまないが、今は相手をしてやれないのだ」

だが、泰山がどう説き聞かせても、犬は立ち去る気配を見せない。

仕方がない。こういう時は、ひたすら無視するに限ると聞いたことがある。

泰山は再び犬に背を向け、歩き出した。気にするまいとすればするほど、気になるのが人情だが、心を鬼にして振り返るのを我慢する。

やがて、小鳥神社の鳥居が見えてくると、泰山はほっとした。さすがにもうついてきてはいないだろうが、念のため確かめておこうか。そう思いながら振り返ろうとした時、

「泰山先生ーっ」

神社の鳥居から出てきた人物がいて、泰山はそちらに気を取られた。

小鳥神社で雑用の仕事をしている少年、玉水《たまみず》である。本人は男の子と言っているのだが、格好は女の子のようだ。

「お、玉水。神社の外に出るとはめずらしいな」

泰山は振り返るのも忘れ、走り寄ってきた玉水に声をかけた。

「近頃じゃめずらしくありません。私は皆さんのために買い物の役目を果たしているのです」

玉水は誇らしげに言った。

「皆さん？」

小鳥神社には、玉水の他には、宮司《ぐうじ》の賀茂竜晴《かもりゅうせい》より他に誰もいないはずだが……。

自分も含めて二人しかいないのに、「皆さんのため」と言うのはおかしい。

「え、いえ。それはその……」

玉水は慌てた様子でしどろもどろになったが、急に「あれ、泰山先生」と裏返った声を出した。

「今日は、ずいぶん恐ろしげなお供を連れてるんですね」

玉水の言葉が終わらぬうちに、泰山の後ろから、ワンワンという声が聞こえてきた。泰山が振り返ると、先ほどの犬がいる。

「わわ」

玉水が声を上げて、泰山に縋《すが》り付く。犬の方は泰山と出会った時と同じように、玉水に向かって絶え間なく吠え続けていた。

「お前は犬が苦手なのか」

背に隠れようとする玉水に、泰山は訊《き》いた。

「別に、苦手というわけじゃないですけど。ただ、私たちと一緒に祀《まつ》られることはないので、あまり馴染《なじ》みがないというか」

「んん？」

「あわわ、何でもありません。とにかく、どうしてお犬さまを連れてるんですか」

「いや、途中で吠え立てられてね。私からも話しかけてみたんだが、その時はまったくなついてくれなかった。ところが、背を向けた途端、あとをついてきたもので、困っていたのだ。無視していれば、どこかへ行ってくれると思ったんだが……」

「ワンワンワン」

泰山と玉水が話している間も、犬は盛んに吠え続けている。

「え、泰山先生がどこへ行くか、見届けたかったって？」

玉水は、まるで犬の言葉を聞き取ったかのような物言いをした。以前にも、猫の言葉が分かるかのように話すことがあったが、少々風変わりなところのある子供なので、泰山も聞き流してきたのである。

「玉水は猫ばかりでなく、犬の言葉も聞き分けられるのだな」

泰山が感心したふうに言うと、「えへへ」と玉水は照れたように笑った。

すると、犬がぴたっと鳴くのをやめた。

「泰山先生の行き先が分かったので、もう行く、だそうです」

玉水の言葉の通り、犬はくるりと背を向け、元来た道を戻り出した。

「本当に犬の言うことが分かるみたいだなあ」

泰山もこの時ばかりは、本気で感心してしまった。

「でも、どうして泰山先生の行き先を知りたかったのかは、分かりませんでした」

玉水は少し申し訳なさそうに言ったものの、

「あ、泰山先生はうちの社《やしろ》にお越しになったんですよね。どうぞ、ご案内します」

と、すぐに元気を取り戻した。

「お前は買い物に行こうとしていたんじゃないのか」

「あ、はい。お米屋さんに行くところだったんですけど」

と、玉水は手にしていた空の麻袋を示したものの、

「お客さんを放り出して出かけるわけにはいきません」

と、真面目《まじめ》に言った。

「いや、私は、かしこまってお客さんなどと呼ばれるようなものでは……」

そんなに気をつかってくれなくていいと言ったのだが、その言葉も玉水の耳には入らなかったようだ。

「寒くなってきましたからね。温かい麦湯をご用意しますよ。あ、それともお汁粉の方がいいですか。お汁粉の作り方も覚えたんですよ。お汁粉にはやっぱり、お餅かお団子をたっぷり入れなくちゃ、ですよね。ええと、泰山先生は、お餅とお団子のどちらがお好みですか」

などと、玉水は真剣に訊いてくる。

「団子と餅の作り置きがあるのか」

泰山が訊き返すと、玉水はきょとんとした表情で「いいえ」と応じた。つまりは、もし泰山が汁粉を飲みたいと言ったなら、一から団子と餅を作る気らしい。玉水はやる気満々であったが、

「いや、私はこれから患者さんのお宅を回らなければならないから、汁粉は遠慮し

ておこう」

　と、泰山は答えた。

「……そうですか」

　少ししゅんとなったものの、「なら、熱々の麦湯をお持ちしますね」と玉水は気を取り直した。

「いや、朝は中へ上がっている暇もない。畑の具合だけ見させてもらったら、すぐに失礼するよ。麦湯も汁粉もまたの機会にさせてもらおう」

　その代わり、先ほどの犬がやって来て、もしも腹を空かせているようなら、何か食べさせてやってほしいと頼むと、「分かりました」と玉水は元気よく応じた。

　ちょうどその時、二人は神社の奥にある庭先へ到着した。

　泰山はこの庭を借りて、薬草を育てさせてもらっている。秋の七草でもある女郎花《おみなえし》は根を生薬《しょうやく》に用いるが、つい先頃まで黄色い花を付けていた。紅色の花穂《かすい》を付ける吾亦紅《われもこう》も根を生薬とするが、もう少ししたらその収穫期になる。

　そうした見た目も美しい花を付ける薬草もあれば、花の見た目は地味でも種々の効き目によって重宝される十薬《じゅうやく》（どくだみ）などもある。どんなところでも育ちやすい十薬は、泰山の薬草畑ではなく、脇の空き地で立派に育っていた。

「竜晴、邪魔するぞ」

泰山は庭に面した縁側に薬箱を置かせてもらい、障子《しょうじ》の向こうへ声をかけた。

この神社の宮司で、泰山の友人でもある賀茂竜晴はこうして泰山が声をかけても、自分の側に用向きがなければ返事をしないこともある。が、この日は障子を開けて、すぐに姿を見せた。

「おお、寒くなってきたな。わざわざ出てきてくれなくていいぞ」

泰山は竜晴を気遣《きづか》った。

「ふむ。そう言ってくれるのはありがたいが、私はお前に話がある。前にも言ったが、町で何か妙な話を聞くことがあったら、すぐに知らせてほしいのだ」

竜晴の物言いは淡々としていたが、このことは数日おきにくり返し念を押されてきた。それだけ町の様子を気にかけている証《あかし》であり、泰山としても竜晴に手を貸してやりたい。

怪異を祓《はら》う力を持ち、その力で多くの人を救ってきた竜晴だが、いかんせん神社の外へ出かけることが少ないため、町の噂《うわさ》などには疎《うと》くなる。幸い、泰山は日々、患者やその身内と接するので、種々の話を耳にする機会に恵まれていた。そうした中に、特異なものがあれば知らせてほしいと言われていたのだ。

「そのことは常に心にかけている。不眠と悪夢に苦しむ患者さんは相変わらず多いが、今のところ原因は分からぬままだし、妙な話を聞くこともないな」

秋の頃から、江戸には不眠と悪夢を訴える人が現れ始めていた。これを「奇病」と呼ぶ人々もおり、中には不眠ゆえに体調を崩した患者もいる。ただし、思い込みによって不調と錯覚している人もおり、医者はそれを厳密に見分けねばならないと、泰山は己に言い聞かせていた。症状を訴える人が多くなれば、当然薬も足りなくなるが、薬は本当に必要とする人のもとへ届けなければならない。

それゆえに、泰山としても、早くその原因を突き止めたいところであった。

「まあ、今日も気をつけて人の話には耳を澄ませよう。何か聞いたら、すぐにお前に知らせる」

「うむ、よろしく頼む」

泰山はそれから畑の薬草を見て回った。根の収穫が迫っている薬草などは水やりをせず、枯れ具合を確かめる。一通り見て回ると、泰山は薬箱を背負い、患者宅へと出かけていった。

「行ってらっしゃい、泰山先生」

これといって見送りの言葉を口にしない竜晴に代わって、玉水が元気よく声を張り上げる。それに続けて、畑の近くの木の枝にとまったカラスが「カア」と鳴き声を上げた。

二

泰山の姿が見えなくなるや、木の枝からはカラスが、縁の下からは白蛇が先を争うように庭先へやって来た。

カラスは小烏丸《こがらすまる》、白蛇は抜丸《ぬけまる》という古い名刀の付喪神《つくもがみ》だ。

「これ、玉水」

抜丸はするすると玉水の前まで這《は》っていき、声をかけた。

「おぬしは米を買いに行くと出ていったのに、買い物もしないで戻ってくるとは、どういう料簡《りょうけん》だ」

「あ、それは泰山先生がいらしたから、おもてなししようと……」

玉水が言い訳すると、抜丸はにゅうっと鎌首《かまくび》をもたげた。

「朝方の医者先生は、いつも畑の具合を確かめに寄るだけだろう。これから仕事に出かけようという忙しい時に、おぬしのもてなしを受けている暇はあるまい」

「泰山先生からもそう言われました」

玉水がしょぼんと肩を落とす。

「いや、客人をもてなそうという心意気は悪くない。そう玉水を叱らなくともよかろう」

小烏丸はめずらしく玉水を庇《かば》う様子を見せた。玉水は味方を得たと思うのか、

「小烏丸さん」と顔を輝かせている。

「しかしだな、おぬし、医者先生の前でしてはならぬ過《あやま》ちを犯したであろう」

小烏丸はたちまち玉水への態度を変えた。

「え、過ちなんて、犯していませんよ」

玉水はびくっとして竜晴に身を寄せながら、首を横に振る。

「いいや、おぬしと医者先生の会話はぜんぶ聞いていた。おぬしは医者先生に向か

って、犬と自分は一緒に祀られることはないと言っていたではないか」

「あわわ」

玉水は慌てふためく。

「それはつまり、狐《きつね》であるおぬしが狛犬《こまいぬ》と一緒に祀られることはないと、自ら打ち明けているようなもの。あれで、医者先生におぬしが狐であることがばれてしまったかもしれぬぞ」

「ど、どうしましょう」

玉水は顔を蒼《あお》くして言った。

「まあ、案ずるには及ぶまい」

竜晴は口を挟んだ。

「玉水はこれまでもおいちとの会話を、泰山の前で漏らしていたことがあった。しかし、泰山はそれを子供ならではの思い込みや癖と考えているようだ。だから、若干不思議には思っただろうが、玉水ならあり得ると考えてくれただろう」

「そうなんですか。よかったです」

玉水はすっかり安心した様子になって笑顔を見せた。

「とはいえ、先ほどお前は泰山に、件《くだん》の犬の言葉を伝えていたようだが……」

竜晴もまた、付喪神たちと同じく、離れたところの会話を聞き取ることができる。

玉水もそれを知っているので、妙に思ったり驚いたりすることもなく、

「あ、そうなんですよ。あのお犬さま、泰山先生がどこへ行くのか見届けようと、あとをつけていたんですって」

と、あっさり言った。

「待て待て。ということは、おぬし、その犬めの言うことが分かったというのか」

小烏丸が割り込んでくる。

「え、そうですよ。あ、でも、これは泰山先生には言っちゃいけないんですね。気をつけないと」

と言って、玉水は両手で口を押さえた。

「それはもういい。今、大事なのは、おぬしが犬めの言葉を解したのかどうか、ということだ」

抜丸が慌ただしげな口ぶりで玉水を問いただした。

「ええ、分かりましたよ。あのお犬さまは、ちゃんと私に分かるようにしゃべって

くれました。それより、小烏丸さんも抜丸さんもどうして、『犬め』なんて言うんですか。お犬さまが嫌いなんですか」

玉水が小烏丸と抜丸に不思議そうな目を向ける。付喪神たちは互いに目を見合わせたが、すぐに目をそらすと、

「我《われ》らのことより、玉水よ。おぬしは何ゆえ『お犬さま』なんぞと奴を持ち上げるのか」

「まったくだ。陰《かげ》になり日向《ひなた》になり、おぬしを世話しているこの私を差し置いて、余所者《よそもの》を『さま』付けなど。これからは『抜丸さま』と呼ぶがいい」

と、口々に言い出した。

「えー。あのお犬さまはどことなく『さま』と付けたくなるような威厳があったんですよ」

玉水は口答えする。「何だと」と、付喪神たちはいきり立った。「わあ」と声を上げて、玉水は竜晴の後ろに隠れる。

「玉水をそう脅かしてはならぬ」

竜晴の言葉に、小烏丸と抜丸は不満そうにしつつも、取りあえずは口をつぐんだ。

竜晴は玉水に目を向けて話を続ける。

「玉水よ、お前はこうして小烏丸や抜丸の言うことが分かるように、その犬の言うことが分かったというのだな」

「はい、そうです」

「ちなみに、先ほどの犬以外の犬の言うことも、お前には聞き取れるのか」

竜晴が問うと、「ええと」と玉水は首をかしげた。

「そういえば、買い物に出ると犬を見かけることがありますね。私は犬に吠えられるのが苦手なので、あまり近付かないようにしているんですが、ああいう犬の鳴き声はワンワンとしか聞こえません。私に向かって牙《きば》を剝《む》き出しにしてくる犬もいるんですよ」

玉水は嫌そうに眉を寄せた。そういう犬のことはただ「犬」と言うのに、今朝の犬だけ「お犬さま」とはずいぶん物言いに偏《かたよ》りがある。いろいろと指摘したいところだろうが、それを口にすれば、話がややこしくなると弁《わきま》えているのか、小烏丸も抜丸もこの時は黙っていた。

「そうなると、お前にとって、今朝の犬と他の犬は違っていたというわけだ」

「あ、はい。そういえばそうですね」

今初めて気がついたという様子で、玉水は言う。

「お前は、小烏丸とその他のカラスが違うことは分かるな。また抜丸とその他の蛇も同じではないだろう」

「確かにそうです。小烏丸さんや抜丸さんは私としゃべってくれますが、他のカラスさんや蛇さんとは話ができません」

そう答えてから、ようやく玉水は「あっ」と大きな声を上げた。

「それってつまり、さっきのお犬さまは小烏丸さんや抜丸さんと同じ付喪神さんだったのですか」

「まあ、その見込みがあるということだ」

竜晴は小烏丸と抜丸に目を向けた。そのことに気づいていたらしい付喪神たちは、声こそ上げはしなかったが、やはり付喪神かもしれぬものの出現に驚いているようであった。

「お前たちは、その犬の言葉を聞き取れなかったか」

竜晴が尋ねると、抜丸が残念そうに切り出した。

「付喪神だと思って聞けば違ったのでしょうが、玉水と医者先生の話を聞き取ることだけに集中していましたので」

竜晴と付喪神たちは、あの時、玉水の近くにいたわけではない。それぞれの持つ能力で、遠くからその声を聞き取っていたのだ。力の使い方はそれを行使するものが調整するため、あえて聞こうとしないものは聞き取れない。

今回、犬の言葉を聞いていないのは竜晴も同じであった。

「これ、玉水よ。犬めの言ったことを、もう一度正しく我らに伝えよ」

小烏丸が玉水に言う。

「おぬしが勝手に言い換えたりせず、犬めの言ったことをそのまま言うのだぞ」

抜丸が先に忠告した。

「ええと、泰山先生……じゃなくって『この馴《な》れ馴れしい男がどこへ行くか見届けるため、あとをつけたのだ』と言ってました。その後は『この場所が分かったから、俺さまはもう行く』だったかな」

「『俺さま』だなんて、ずいぶん偉そうな奴ではありませんか」

抜丸がたちまち不服そうな声を上げた。

「まったくだ。竜晴、そやつを見つけ出して、懲《こ》らしめてやらずばなるまい」

小烏丸がめずらしく抜丸に同調する。

「えー、でも、あのお犬さま、お二方《ふたかた》より強そうでしたよ」

玉水が余計な口を利くものだから、「何だと」と付喪神たちがいきり立つ。

「お前たち、静かにするのだ。大事なことは二つある。その犬が付喪神だとして、泰山の行き先に興味を持ったのはなぜかということ。もう一つは、その犬に小烏神社の存在が知られたということだ。今回は場所を確かめるだけで去っていったが、この先、こちらに何か仕掛けてこぬとも限らない。もしその犬がかなりの力を持つ付喪神だとしたら、ここに付喪神がいることも、また気狐《きこ》である玉水の正体も、悟られたかもしれぬ」

竜晴の言葉に、付喪神たちと玉水は真剣に耳を傾けていた。だが、それが終わるや否や、

「ええっ、私の正体が知られたなんて、どうしたらいいんでしょう、宮司さま」

と、玉水が泣きついてくる。小烏丸と抜丸は「奴が仕掛けてくる前に、こちらから仕掛けるのはどうだ」などと物騒なことを言い始めた。

そうした騒がしさが極まりかけたところで、竜晴は右手を上げた。小烏丸と抜丸はぴたりと口を閉ざす。玉水だけは「え？　え？」と声を上げていたが、

「客人のようだ」

と、竜晴は玉水に告げた。

「お前がお出迎えして、こちらへお連れせよ。小烏丸と抜丸はいつものように」

竜晴の言葉が終わるか終わらぬかのうちに、小烏丸は木の枝の上へ飛び上がり、抜丸は縁の下へと這い進んだ。両者には及ばぬものの、やや遅れて「はい」と玉水が返事をし、急いで客人を迎えに走っていく。

やがて、玉水は寛永寺《かんえいじ》の住職、天海大僧正《てんかいだいそうじょう》に仕える侍《さむらい》の田《た》辺《なべ》を案内して、戻ってきた。

「おお、宮司殿。お庭に突然お伺いして申し訳ない。こちらのお弟子がかまわないと言ってくれたので」

田辺が恐縮した様子で挨拶する。

「もちろんかまいません。大僧正さまからのお言伝《ことづて》でしょうか」

小烏神社への使者の役目は、いつもこの田辺が務めている。

「はい。急なことで申し訳ござらぬが、宮司殿にすぐ来ていただきたいとのことでございまする」

「火急の用件のようですね」

「はあ。くわしいことは聞かされておりませぬが、『万難《ばんなん》を排して来られたし』とお伝えするよう、申し付かりました」

「万難を排して、とはまた大仰《おおぎょう》な」

と、呟きはしたものの、それに従えぬ理由も特にはない。

「では、すぐに支度をしてまいりましょう。少しだけ、本殿のあたりでお待ちください」

竜晴が言うと、田辺は「承知いたした」と本殿へ向かって歩き出した。

この庭先で待っていてもらうわけにいかないのは、付喪神たちを人型に変えるのを見られるわけにいかないからだ。

竜晴が縁側から部屋の中へ入ると、カラスと白蛇もすぐにあとを追ってきた。

「お前たちはいつものように寛永寺へ供をするように。玉水は留守番だ」

皆がそれぞれの役目にうなずき、竜晴は小烏丸と抜丸を前にして呪《じゅ》を唱えた。

彼《かれ》、汝《なんじ》となり、汝、彼となる。彼我《ひが》の形に区別無く、彼我の知恵に差無し
オンバザラ、アラタンノウ、オンタラクソワカ

するど、白い霧のようなものが床を這い、カラスと白蛇の姿を呑《の》み込んだ。やがて、霧が消え去った時、その場に現れたのは、水干姿《すいかん》の少年二人。

この姿は竜晴たちには見えるが、ふつうの人間には見えない。

「玉水よ。米屋へ行くのは後にし、私たちが留守の間は、決してこの神社から動いてはならぬぞ」

念のため、竜晴は玉水にそう忠告した。

「また、万一、先ほどの犬がやって来た場合は、自分だけで何かを決めようとせず、私たちが帰るのを待て」

「かしこまりました」

玉水の素直な返事を受け、竜晴は付喪神たちを連れて家を出た。

「あの巫女《みこ》見習いの子は留守番ですかな」

本殿のところで待っていた田辺が、たった一人でやって来た竜晴を見て問う。田辺には付喪神たちの姿が見えないし、玉水のことも女の子と思っているのだ。

「はあ。留守を任せられる者ができましたので」

「しかし、こういう外出の際のお供もいるに越したことはありません。今度は、男のお弟子をお持ちになるとよろしかろう」

「まあ、考えておきます」

田辺と竜晴はそんなことを言い合いながら、寛永寺へと向かった。その後ろでは、

「これ以上、玉水のような厄介者を引き受けてたまるか」

「我はかまわぬぞ。我が育てて立派な弟子にしてみせる」

「お前なぞにできるものか。未熟者を育てるのなら、この私が……」

などと、付喪神たちがかしましく言い合っていた。

三

やがて、寛永寺に到着した竜晴は門をくぐったところで田辺と別れ、庫裏《くり》へと向

かい、そこからは小僧に天海の部屋まで案内された。

「ああ、お待ちしておりました、賀茂さま。大僧正さまがお悩み深きご様子なので、何卒《なにとぞ》よろしくお願いいたします」

いつもは軽い雑談をしかけるだけの小僧が、何やら切羽詰まった調子で言う。

「ほう。大僧正さまがさようにお悩みとは……」

さすがに意外に思いつつ、竜晴は付喪神たちと一緒に天海の部屋へと進んだ。

「おお、賀茂殿、お待ちしていた」

天海は腰を浮かしかねない様子で、竜晴を迎えた。その表情は深い憂《うれ》いを湛《たた》えており、相当焦っているようにも見える。

「お心を煩《わずら》わせることが起こったのですね」

竜晴が天海の前に座ると、小烏丸と抜丸はこれも当たり前のように、竜晴のすぐ後ろに座った。

「さよう。付喪神たちも連れてきてくださったのだな。これはありがたい」

天海は付喪神たちにも頼るような目を向けた。

「実は、このことは内密に願うが、上さまがお加減を悪くしておられる」

天海は苦しげな口ぶりで打ち明けた。

「公方《くぼう》さまが……。いったいどのような病にかかられたのでしょう」

「それが、不眠に悩まされておられるのじゃ」

「不眠とは……」

まさに、今、江戸の町で人々が苦しんでいる症状と同じである。

「町では、悪夢を見るという話も聞きますが、公方さまはいかがでしょうか」

「そうした訴えを、上さまがなさったとは聞かぬ。ただし、眠れぬ日々が続き、お心も休まらぬらしい。お体の不調もおありとのこと」

不眠が続けば、別の病に取りつかれる恐れも出てくると、天海は気が気でないようであった。

「その上、夜になると、鳥の鳴き声のような妙な声を聞くとおっしゃるそうな」

「鳥の……？」

「ヒョオー、ヒョオーという鳴き声らしいが、医者やそば仕えたちには聞こえぬという」

天海の言葉に、竜晴は表情を引き締めた。

「それは、まさか、鵺《ぬえ》の鳴き声なのではありますまいか」

「まさに、それよ」

　天海は待ちかねた様子で言った。

「拙僧《せっそう》も話を聞くなり、鵺の逸話を思い出した。となれば、これはただの体の不調ではなく、怪異の類《たぐい》に上さまが苦しめられていることになる。ゆえに、すぐにも賀茂殿にお知らせして、お考えを聞こうと思うた次第じゃ」

　鵺とは、伝説上の生き物で、竜晴も本物を見たことはない。だが、今の話だけで、すぐに鵺を思い浮かべたのには理由があった。

　先頃、旗本《はたもと》の伊勢《いせ》貞衡《さだひら》が不眠と悪夢に悩まされた時、竜晴は悪夢を食らうという獏《ばく》の札を渡した。これにより、悪夢からは解放されるはずであったが、数日経っても悪夢を見続けるという。それで確かめたところ、竜晴が渡した獏の札が、いつの間にか鵺の描かれた札に差し替えられていたのである。

　鵺は、頭が猿、胴が狸《たぬき》、足が虎で、尾は蛇という形《なり》。

　獏は、鼻が象、目が犀《さい》、尾が牛、足が虎で、体は熊という形だ。

　さまざまな獣の体の部分を寄せ集めた奇獣――という点は似ているが、両者はまったく別のものである。

この時、札を差し替えたのは、伊勢家の庭に生えていた樅《もみ》の木霊《こだま》であったことが、後《のち》に分かった。樅の木は間もなく伐《き》られることが決まっていたのだが、そうはさせまいと、木霊が屋敷の主人に祟《たた》ったのである。

だが、木霊はもともと力が強くもないし、そもそも人に祟る妖《あやかし》でもない。自分は鵺と名乗る妖にそそのかされ、操られていただけなのだと、木霊自身は訴えていた。

そのことがあって以来、竜晴も天海も、鵺がこの江戸に居座っているのではないかと警戒していたのである。

「なあなあ、竜晴」

その時、後ろの小烏丸が口を開いた。

「それは、伊勢家の木霊をそそのかしたのと同じ鵺なのだろうか」

「鵺と決めつけるには早いが、そうだとしたら、まず同じ妖であろう。鵺が複数現れたとは聞いたこともないからな」

「竜晴さま。私は前に一度、本物の鵺が宮中に現れ、帝《みかど》の眠りを脅《おびや》かしたという話を聞いたことがあります」

抜丸が言い出した。

「それは、近衛《このえ》天皇の御世《みよ》のことだろうか。『平家物語』にも鵺が退治された話が出ているが……」

「たぶんそれだと思います。退治したのは源頼政《みなもとのよりまさ》という侍でしたが……」

「おお、まさにそれだ。抜丸はその時のことを、直《じか》に見聞きしているのか」

物語の中でしか知ることのできない遠い昔の話を、実際に見聞きしたという付喪神を前にして、天海は少し昂奮《こうふん》している。

「目の前で退治されるところを見たわけではありませんが、頼政が褒美《ほうび》を頂戴する場には居合わせました」

「抜丸の知っている限りの話を聞かせてくれぬか。その中に、鵺を倒す手がかりがあるやもしれぬ」

天海の求めに応じて、抜丸は語り出した。小烏丸は抜丸に妬《ねた》ましげな眼差《まなざ》しを向けているものの、その当時の記憶を失《な》くしてしまっているだけに、この件ではどうあっても抜丸に勝ることはできない。

「当時は、竜晴さまが先ほどおっしゃったように、近衛の帝の御世でございました。

お母上は美福門院《びふくもんいん》でございますから、あの玉水が『姫さま』と慕っているお方に当たります。私は美福門院のことはよく存じませんが。とにかく、まだ幼い近衛の帝が夜な夜な鵺の鳴き声に脅《おび》えられ、安眠できぬ日々が続いておりましたので、朝廷より源頼政に鵺退治の命令が下されたのでございます。ある日、頼政が御所を守っておりますと、鬼門に黒雲が現れまして、その中から鵺が出てまいりました。頼政は矢を射かけ、見事、鵺に的中。頼政の郎党《ろうどう》が太刀《たち》で鵺に切りつけました。頼政は仕留めた鵺の体を切り刻み、海に流したと聞いております」

「ふうむ。鵺の体を切り刻んだことと、海に流したことには、何らかの意図があるのだろうか。そうすることで、鵺の復活を阻止するとでもいうような……」

竜晴が問いかけると、抜丸は困ったふうに首をかしげた。

「申し訳ありません。どうして、そうしたのかは私も存じません。ただ、そう聞いただけでして」

「ふむ。まあ、それは調べればよかろう。いずれにしても、大僧正さま。鵺には弓矢が効くようですし、太刀で切り刻むこともできるとのこと。ただし、それがただの弓矢や太刀だったとは限りませんが……」

竜晴が天海に向き直って告げると、

「つまり、名のある弓矢や太刀を使った、ということであろうか」

と、天海が難しい顔で訊き返した。

「太刀をふるったのは郎党ですから、その時点で、名のある太刀であったとは思えません。ただし、鵺を切った後、名刀となった見込みはありましょう。頼政が使った弓矢もそうですが……」

竜晴は再び抜丸に目を向けた。

「頼政の使った弓矢の名は聞いていないか」

「生憎《あいにく》、そちらも聞いてはおりません」

抜丸は困惑した様子で身を縮めるようにする。

「まったく頼りにならん奴め」

と、小烏丸が抜丸に毒づいた。

「お前は記憶を失くしたわけでもなかろうに、ここで竜晴の役に立たずしてどうする。我の記憶が取り戻せれば、竜晴の力になれるものを」

「お前の記憶が戻ったところで、肝心のところを覚えておらぬのは、火を見るより明らかだ。こんな奴の記憶が戻るのを当てにしても仕方がありません。竜晴さま、玉水に訊いてみるのはどうでしょう。鵺に苦しめられた帝の母君にお仕えしていたわけですし」

抜丸が竜晴に訴えかけるように言った。

「おお、玉水にそんな過去があったとは。それならば、玉水がくわしいことを知っているかもしれぬ」

天海が期待に満ちた声を上げる。

「いえ、宇迦御魂《うかのみたま》の話によれば、今の玉水は生まれ変わったようなもの。そのため、子供のような知恵しか持ち合わせておりません。過去のことは前世の記憶のように覚えているようですが、それにしたところで、玉水が美福門院に仕えていたのは、御所へ上がる前のことですから、お子である近衛天皇のことは知らないでしょう」

竜晴の言葉に、天海は目に見えて沈み込んだ。

「安心するがよい、大僧正」

いきなり、小烏丸がもったいぶった様子で言い出した。もともと小烏丸は不動《ふどう》の金縛《かなしば》りの術にかけられたことから、若干天海を苦手としていたのだが、近頃はそうでもなくなったようだ。とはいえ、いきなり上の立場から物を言われ、天海は妙な顔つきをしている。

「我《われ》がよいことを思いついた」

小烏丸は得々として言った。

「弓矢といえば、伊勢家のアサマであろう。アサマの本体を使って、竜晴か伊勢家のお侍が鵺を射れば、倒せるに違いない」

アサマとは旗本の伊勢家で飼われている鷹《たか》の名だが、本当は伊勢家が所有している無銘の弓矢の付喪神である。鷹の姿でよく小烏神社へも遊びに来るのだが、

「いや、アサマは伊勢家で大切にされてきた弓矢だが、鵺とは関わりないだろう。正しい物を正しいやり方で使わなければ、本体にも付喪神にもよくない」

と、竜晴は言った。

「よくないとは、アサマの身に何かが起きるということか」

小烏丸は不意に心配そうな声を上げた。

「そうだ。鵺は強い力を持つゆえ、矢が折られることとてあるかもしれない。そうなれば、アサマも害を被《こうむ》る」

「竜晴さま」

小烏丸が口を閉ざすのを待ちかねたように、今度は抜丸が身を乗り出した。

「鵺にゆかりの物でしたら、帝から源頼政に下賜《かし》された褒美の太刀はいかがでしょう。鵺を切ったわけではありませんが、帝から賜《たまわ》ったものですので、名もありますし、強い力を秘めているはずです」

「ほう、その太刀とは……」

「名を獅子王《ししおう》と言いました。当時はまだ付喪神になっていませんでしたが、今も世にあるならば、付喪神となっているかもしれません」

「おお、その太刀の名であれば、拙僧も聞いたことがある。確か『平家物語』にも出ていたのではないか」

天海も再び気を取り直したようであった。

「確かに、名のある太刀であれば世に伝わっているでしょう。大僧正さまは獅子王の今の持ち主をご存じありませんか」

竜晴が問うと、天海はしばらく考え込んだものの、やがて首を横に振った。

「物語とは別に聞いたことがあるように思うが、誰のもとにあるのかまでは、定かに覚えておらぬ」

「太刀ならば、武家に伝えられている見込みが高そうです。源頼政の一族は滅んでしまいましたが、傍流の源氏ならば残っているでしょうし」

「さよう。徳川《とくがわ》家とて源氏の出だ。よろしい。まずは拙僧が獅子王の今の持ち主を探ってみよう。それが分かったら、賀茂殿から付喪神へ働きかけていただくかもしれぬ」

「かしこまりました。付喪神が相手であれば、私もお力になれると思います」

　竜晴はしっかりとうなずいた。

　こうして、まずは将軍にのみ聞こえる声で鳴く鵺退治のため、天海と竜晴は動き始めることになった。

二章　薬師如来の申し子

一

竜晴と付喪神たちが寛永寺へ出かけたその日の夕方、泰山はいつになく慌てふためいた様子で、小鳥神社に飛び込んできた。

「大変だ、竜晴」

「どうした」

泰山が来る気配を察知していた竜晴は、前もって縁側に出ていた。

「お前が気にかけていた件で、今日、患者さんから妙な噂を聞いたのだ」

泰山は薬箱を背負ったまま、肩で息をしながら言う。

「聞こう」

竜晴はまず泰山に縁側へ腰かけるよう促し、自らも隣に座った。

「その患者さんは不眠と悪夢に悩まされているご隠居さんだ。年を取ると、眠りが浅くなるのはよくあることなので、あまり気に病まぬよう説いていたのだが、ご本人はえらく気にされていてな」

「というと、その患者さんは大して重い症状というわけではないのだな」

「私の診立《みた》てではそうだ。誰だってよく眠れない晩もあれば、悪夢を見ることもある。何度か夜中に寝覚めしたくらいなら、ふつうは気にしないものだ。ただ、心配になるし、今のように皆がそのことで騒いでいれば過敏にもなるだろう。そのご隠居さんはもともと、ちょっとした不調でも不安を抱くお人でな。今回も不眠に効く薬を処方してくれとおっしゃる」

なまじっか金があるだけに、金を積むことで薬を融通するよう求めてきたという。だが、その手の依怙《えこ》贔屓《ひいき》は、泰山に最もなじまないものであった。

「なるほど、それでお前はその申し出を断ったわけだな」

泰山の言動を予測して竜晴は訊いた。

「もちろん、薬に余裕があれば処方して差し上げたい。気にしやすい人は一度の薬で、案外けろっと治ってしまったりするものだ。だが、今は本当に深刻な症状の患者さんに、薬を回して差し上げねばならない」

泰山は生真面目な口ぶりで言い、竜晴は無言で先を促した。

「まあ、その話はいい。とにかく私がお断りしたら、そのご隠居さんは不機嫌になられてな。そういうことなら立花先生ではなく別の方に頼るしかなさそうだ、とおっしゃったのだ」

泰山は眉を曇らせながら語り続けた。

「私はそれを、医者を替えたいという意に受け取った。どの医者も薬不足ではあろうが、医者を選ぶのは患者さんご本人だ。それを、とやかく言うつもりはない。だが、それならどうぞご勝手に——と言うのも心ない気がしたので、心当たりの医者がおありなのですね、と持ちかけてみた。そうしたら、医者ではないとおっしゃる」

「医者ではない者に頼ろうとしたわけか」

「そうだ。もちろん、心や体の不調を治すのは医者だけではない。怪異の類に憑《つ》かれた時には、お前のような者の助けを借りねばならないだろう。だが、そのご隠居さんの不調はその類ではないのでね。よくない輩《やから》に騙《だま》されてもお気の毒だし、あえて誰に頼るつもりなのか訊いてみたのだ。そうしたら、近頃、江戸の町に現れた薬《やく》師《し》如来《にょらい》の申し子だとおっしゃるではないか」

「薬師如来の申し子だと？」

竜晴は目を瞠《みは》った。

「そうおっしゃった。私も耳を疑ったよ」

そこで、泰山はご隠居をさらに問いただしてみた。当のご隠居も噂で聞くばかりで、直に見たことはないそうだが、薬師如来の申し子とやらは十二、三歳ほどの少年だという。

「その少年がたった一人で、患者のもとをめぐり歩いているのか」

「聞いたところでは、数人の大人も一緒らしい」

「その大人の中に、医者がいるのだろうか」

「いや、治療を行うのは、その薬師如来の申し子なのだそうな。治療といっても医術ではなく、祈禱をするだけらしいが……。患者は最後にお札を渡され、それを家の壁に貼りつけると、不眠や悪夢の症状がすっかり消えてなくなるそうだ」

「その少年が何らかの術を行使して、不眠を治しているということか」

竜晴は首をひねった。その少年が本物の術者でないとも言い切れない。だが、それほどの力を持つ術者であれば、天海が承知していそうだし、竜晴にも知らせてくれただろう。

また、術者が治せるのは、怪異にまつわる体の不調に限られる。

現時点では、医術で治せる患者と呪術の必要な患者が混じっており、その選別をしながら治して回っているとしたら、それも不自然だった。選別などすれば患者から不審の念を抱かれるだろうし、少なくとも「薬師如来の申し子」と呼ばれるような事態にはなるまい。

「その少年はもしかしたら、お前のような術者なのかもしれぬ。だが、どうも胡散《うさん》臭《くさ》さを感じるのだ。特に、札を配っているというところがな」

泰山がめずらしく疑り深い口ぶりで言った。

「札か」

竜晴は考え込む。

前に竜晴が伊勢貞衡に渡した貘の札が鵺の札にすり替えられていた一件は、泰山も知っている。それが木霊のしわざだったことも、それとは別に、旅籠《はたご》の大和屋《やまとや》でも同様に札のすり替えがあったことも。

だから、泰山も札と聞いて、その少年に疑念を抱いたのだろう。

「その札がどのようなものか、聞かなかったか」

竜晴が問うと、泰山は残念そうに首を横に振った。

「さすがに、そのご隠居さんは薬師如来の申し子には会ってないからな。とはいえ、お札を手に入れてくれと勧めるわけにもいかない」

泰山の立場としては当たり前だろう。

結局、そのご隠居にはしばらく様子を見て、少しでも症状が悪くなったら薬を出すからと説得し、安易に怪しげな少年にすがったりしないよう忠告したそうだ。

「最後には納得してくださったが、あの調子では分からない。時折、ご様子を見に行くつもりではいるが……」

その患者も含め、自分の知り合いが札を手に入れていた場合、どんな札なのかを調べておくと、泰山は請け合った。

「ふむ。できれば、札を受け取った人物から話を聞きたいところだな」

「何でも、その一行は念仏を唱えながら町を練り歩き、声をかけてきた人のもとへ出向くのだそうだ。見込みは低いが、町中で出くわすこともあるかもしれん。その時はどういう意図で行動しているのか、しっかりと訊いてやるつもりだ」

泰山は意気込みを示した。

「まあ、相手の正体が分からぬのだから、あまり無茶はするな。いずれにしても、どこかでもっとくわしい話を仕入れたら教えてくれ。札については、もう少しくわしく知りたい」

「分かった。常に心に留めておこう」

深々とうなずいた泰山は、その時、「あ」と何かを思い出した様子で声を上げた。

「どうした」

「札のことではないのだが、その少年のことで他にも聞いた話があった」

「ほう。どんなことだ」

「とても美しい顔立ちだと言う者もいれば、顔に傷があってそれを隠していると言う者もいるらしい。目が猫のように光るとか、言葉ではなく唸《うな》り声のようなものを発して意を伝えるとか、そんな話もあったぞ」

「なるほど、疑わしい話も混じっているということだな」

噂には尾ひれがつくことが多い。これもその類であろうが、中には一抹の真実が含まれていることもある。竜晴は今の話をすべて心に留めておくことにした。

「ところで、薬の不足については、相変わらず解決の見込みが立たないのだな」

竜晴が話を変えると、泰山の表情が憂いを含んだものになる。

「うむ。私が不眠の患者さんに処方しているのは、酸棗仁湯《さんそうにんとう》なのだが……」

その漢方薬については、竜晴も聞いていた。棗《なつめ》の実を主とするのでそう呼ばれ、他に知母《ちも》や茯苓《ぶくりょう》なども含み、心を落ち着かせる作用がある。だが、酸棗仁湯を作る薬剤をすべてそろえるのが難しく、思うように処方できない状態が続いていた。

「他に、不眠を治す薬はないのか」

「ないわけではない。よく使われるのが梔子《くちなし》の実を干したものだな」

竜晴の問いかけに対し、泰山はすぐに答えた。

「梔子というと、白い花や独特の香りが思い浮かぶが、薬としては実を使うのか」

生憎、小烏神社の庭に梔子の木は生えていなかった。

「うむ。これも酸棗仁湯と同じく、心を落ち着ける効き目があるのだが、実が薬として使えるようになるのはもう少し先なのだ」

梔子が実をつけるのは秋で、熟した実の収穫は冬となる。その上、収穫した実を干さなければならず、薬として使用できるまでには手間もかかるのだと、泰山は言った。

「今、処方できるのは去年収穫したものになるが、それとてさほど蓄えがあるわけではない」

泰山の表情がますます曇っていくのを見て、

「まあ、今年の梔子が収穫できたら、私に声をかけてくれ」

と、竜晴は告げた。

「何か策があるのか」

「実が熟するのを早めることはできないが、収穫した実から水気を抜くだけならば、私の術で何とかできるだろう」

「おお、そんなこともできるのか」

泰山はそれまでとは打って変わり、明るい声を出した。

「うむ。収穫した実を薬として使うためには、水気さえ抜けていればいいのだろう？」

「その通りだ。お前の術でそういうことができるのならば、今年の梔子の実を早めに患者さんのもとに届けることができる」

泰山は竜晴の言葉に力を得た様子で、それから勢いよく立ち上がると、薬草畑の具合を確かめ始めた。

「水やりは、玉水がしてくれているのだな」

土が湿りを帯びているのを見て、泰山は言う。本当は薬草畑の世話をしているのは抜丸なのだが、泰山としては知りようもないので仕方がない。誤解されたのを不満に思う抜丸が現れそうなものだが、かつて腹を空かせた泰山から、食べたら美味《うま》そうだと言われたことがあり、以来、泰山の前には姿を見せないと決めているようだ。

抗議できない抜丸に代わってというつもりか、樹上でカラスが鳴いた。

「おお、あれはいつものカラスだな。今は苦しくとも頑張れと応援してくれているのだろう」

「……ふうむ。お前にはそう聞こえるのか」

「うむ。あのカラスは私を励ましてくれている」

泰山は確信のこもった物言いをした。

「まあ、お前がそう思うのなら、それでよかろう」

と、竜晴は自分を納得させるように言った。本当は「医者先生から功績を認めてもらえぬ白蛇め、哀れなものだな」と抜丸を侮《あなど》る言葉を吐いていたのだが、それは泰山が知る必要のないことである。

「では、薬師如来の申し子のことが分かったら、必ず知らせる」

そう固く約束し、泰山は帰路に就いた。

「カアー」

その時、カラスが再び鳴いた。今度は本当に「医者先生よ、元気を出せ」と泰山を励ましたのであった。

二

その翌朝、竜晴が朝餉《あさげ》を終え、立ち寄った泰山も往診に出かけていった後のこと。

いつもなら、小鳥神社の面々はそれぞれ好きな場所で、好きなことをし始める頃で

あったが、

「竜晴さまに一つ、申し上げたいことがあるのですが」

と、抜丸が切り出した。庭へ出ていこうとしていた小烏丸が、それを耳にし、つと足を止める。

「竜晴さまは昨日、医者先生から聞いた少年の行方を気にかけておいでなのですよね」

抜丸の問いかけに、「うむ」と竜晴はうなずいた。

「まだはっきりしたことは分からないが、配っている札が鵺の札などであれば、鵺そのものとつながっている恐れもある」

「それでしたら、医者先生だけにその探索を任せてはおけません。ぜひそのお役目、この抜丸めにお任せください。江戸の町を這い回って、その輩を見つけ出してまいりましょう」

抜丸は鎌首をもたげて訴えた。

「待て待て、竜晴」

外へ行きかけていたはずの小烏丸が、羽をばたつかせながら戻ってくる。

「人探しならば、空を自在に飛び回れる我の方が役に立つぞ。こやつのように、地べたに這いつくばっていては、どれだけかかっても件《くだん》の輩を見つけ出すこと叶《かな》うまい。ここは、この我に任せてくれるがよかろう」

盛んに訴えかける小烏丸に、抜丸がいきり立った。

「誰が地べたに這いつくばって探すと言った。竜晴さまの術で人型に変えていただければ何の問題もない」

「お前は先ほど、町を這い回って見つけ出すと言ったではないか」

「それは、蛇であるがゆえの言葉の綾《あや》だ。実際に這い回るという意ではない。お前にはその高度な言葉の使い方が分からなくとも、竜晴さまにはお分かりになる。そもそも、お前相手になど話してはいない」

「人探しでこの我に勝ると思っているのか」

「何であろうと、この私がお前に負けると思ったことは一度もない」

「よくぞ言った。ならば、どちらが先に見つけるか、競い合うか」

「そこまで言うのならば受けて立つ」

いつものように、小烏丸と抜丸が言い争いを始めると、おとなしくしていた玉水までがそれに加わろうとする。

「えー、お二方が人探しをなさるのなら、私も混ぜてください。人でも妖でも、化けの皮をはがしてやりますよ」

騒々しさが抑えがたくなったところで、「お前たち」と竜晴は割って入った。

付喪神二柱《ふたはしら》はもちろん、玉水も竜晴に目を向け、ぴたりと口を閉ざす。

「この件については、泰山からの知らせを待つだけでなく、私も自ら少年探しに動かねばなるまいと思っていた。無論、お前たちに任せることも考えた。しかし、白蛇の姿の抜丸はもちろん、カラスの形をした小烏丸にも難しいだろう」

「なぜだ、竜晴よ。我が空を飛び回れば、下界の様子は広く見渡せるのだぞ」

小烏丸が心外そうに口を開いた。

「いくら広く見渡せるといっても、江戸の町全体が見渡せるわけではあるまい。無論、高く飛べば可能だろうが、そうなれば、人の顔や動きが見極められなくなる」

「それはまあ、そうだが……」

「江戸のどの辺りに出没するのか分かっていれば、また話は変わってくるが、今の状況では少年がどこで活動しているのか、まったく分からない。闇雲に空を飛び回ってもらっても、見つけるのは難しいだろう」

「それでしたら、竜晴さま。やはり、私を人型にしていただいて……」

と、抜丸が進み出る。

「ならば、我も人型にしてくれ。こやつよりも竜晴の役に立ってみせる」

小烏丸も負けじと言った。

「それも考えた。しかし、今回はただ探し回るだけでなく、人に尋ねたり、噂話を拾い集めたりすることが求められる。お前たちが人型になれば、誰にも見えなくなってしまい、町の人々と言葉を交わすことはできまい」

竜晴の言葉に、小烏丸と抜丸は互いに顔を見合わせ、無念そうに口をつぐんだ。

竜晴や天海以外の人間と言葉を交わせない以上、この役目を引き受けることはできないのである。

「それなら！」

嬉々《きき》として口を開いたのは、玉水であった。

「そのお役目を果たせるのは私だけってことになりますね」

玉水は竜晴の力によってではなく、自力で人に化けているので、付喪神たちと異なり、その姿は人間の目にも映るし、言葉を交わすこともできる。実際、泰山とて玉水を人間の子供と信じ込んでいた。

しかし、一人で町へ出ていった玉水が余所の人間とまともに会話を交わし、薬師如来の申し子と呼ばれる少年を見つけ出してこられるかというと、それはまったく別の話である。

「おぬし、本当に自分がその役目を引き受けられると思っているのか」

小烏丸が哀れむような眼差しを注ぎつつ、玉水に訊いた。

「当たり前じゃないですか。私はちゃんとお米屋さんで買い物だってできるようになったんですよ」

玉水は胸を張る。

「いや、買い物をするのと、人探しをするのは、まったく別のことであろうよ」

小烏丸が相変わらず気の毒そうな眼差しを向けて言い、いつもなら玉水の落ち度を厳しく叱りつける抜丸も、この時は何も言わなかった。

付喪神たちの態度に、含みのあることがさすがに分かったのか、

「えー、どういうことですか、小烏丸さん。抜丸さんもどうして、そんな目で私を

見るんですか」

と、玉水が食ってかかる。その時、ある気配を察し、

「お前たち、この話はここまでだ」

と、竜晴は告げた。

「花枝《はなえ》殿と大輔《だいすけ》殿が来た」

その言葉に、付喪神たちは慌ただしく庭へ出ていき、定位置へと移動する。

「あ、それじゃ、麦湯の用意をしなくっちゃ」

玉水もまた、ばたばたと台所へ走っていった。

やがて、「竜晴さまあ」という大輔の元気のよい声がして、二人の姉弟《きょうだい》が庭先から姿を現した。

「お二人とも、ようこそいらっしゃいました」

竜晴は縁側で二人を出迎えた。

「宮司さま、ごきげんよう」

花枝が微笑《ほほえ》みを浮かべて挨拶する。

「大和屋さんのことはずっと気になっていました。札のすり替えがあった時以降、

奇妙なことは起こっていませんか」

「はい。その後は特にございません。宮司さまから新しい獏のお札をいただきまして、そちらは毎朝毎晩、必ず皆で確かめるようにしておりますので」

花枝がしっかりと力のこもった声で答える。

二人の家は大和屋という旅籠だが、ここでも宿泊客たちが不眠や悪夢を訴え、それを旅籠のせいにするという問題が持ち上がっていた。そこで、竜晴が悪夢を食らう獏の札を花枝たちに渡し、鬼門に貼っておくよう指示したのだが、それがいつの間にか、鵺の札にすり替えられていたのである。

その鵺の札は竜晴が受け取って、呪を解き、大和屋にはまた新たな獏の札を渡してあった。

「旅籠に泊まったお客さんが不眠を訴えるようなこともありませんか」

「はい。宮司さまの獏のお札のお蔭《かげ》で、そういうお客さんもおりません。もちろん、私たちの家の者が不眠や悪夢に悩まされることもございません」

「それはよかった」

竜晴は言い、二人に中へ上がるようにと勧めた。花枝と大輔は庭先から居間へと入ってくる。

「でもさ、竜晴さま。結局、札をすり替えたのが誰のしわざかは分からないままなんだよ。家の使用人とも思えないし、あの日に泊まってたお客さんも常連さんばかりだったしさ」

大輔が座り込むなり、難しい顔をして切り出した。

札をすり替えたのが人間とは限らないので、犯人を見つけるのは難しいと竜晴は言っておいたのだが、大輔は何とか下手人《げしゅにん》を見つけ出そうと考えていたようだ。

「使用人や常連さんであれば、すり替えの隙《すき》を見つけるのはたやすかったと思います。でも、その中に犯人がいたとは考えにくいですし、そう思いたくもありません。ですが、そうなると、外から何者かが侵入して、札をすり替えたことになりますし、それはそれで薄気味悪くて……」

花枝は小さく溜息《ためいき》を漏らした。

「お気持ちは分かります。ですが、この件には怪異が絡んでいる恐れもありますし、怪異に操られた者がしたことかもしれません。今すぐというわけにはいきませんが、必ず原因は突き止めてみせますので、もうしばらくお待ちください」

竜晴の言葉に、花枝は顔を綻《ほころ》ばせた。

「そうおっしゃっていただけると、大変心強いです。宮司さまが付いていてくださるので、我が家は安心だと父も申しておりました」

「うん、そうだよね。竜晴さまなら、どんな悪い奴だって、必ずやっつけてくれるだろうし」

大輔も力のこもった声で言い、竜晴に期待の目を向ける。

「大和屋さんの札のすり替えは、今、江戸の町の大勢が悩まされている不眠の件と切り離しては考えられません。そこで、一つ、気になる話を泰山から聞いたのですが……」

と、竜晴が切り出した時、玉水が三人分の麦湯を用意して現れた。

「花枝さん、大輔さん、いらっしゃい」

玉水はにこにこしながら挨拶し、二人に湯気の立つ茶碗を差し出した。以前のように舌を火傷《やけど》しそうなものを持ってきたら問題だが、幸い、今日の麦湯は適温のようである。

「寒くなってきたから、温かい麦湯がありがたいわ」

花枝が湯飲み茶碗を手にしながら玉水に礼を述べた。この手の優しさをふだん与えられていない玉水は、嬉しそうにしている。そのせいか、花枝にはずいぶんなついており、この時も麦湯を配り終えた玉水は花枝のすぐそばにちょこんと座った。

「それで、泰山先生から聞いた話って何?」

大輔が中断された話を竜晴に急《せ》かした。

「うむ。何でも不眠に悩む人のもとへ、お札を配り歩いている少年がいるという話なのだが……」

その少年が薬師如来の申し子と呼ばれていることも含め、竜晴は泰山から聞いた話を二人にした。

「お二人はその少年の噂を聞いたことがありませんか」

竜晴が尋ねると、花枝も大輔も顔を見合わせ、首を横に振った。

「うちは旅籠ですから、その類の噂話はお客さんを通して聞くことが多いのですが、薬師如来の申し子などという話は聞きませんわ」

「そいつ、お札を配り歩いてるって、何だか怪しくないか。うちのお札もそいつがすり替えたのかもしれねえ」

　大輔は大和屋の札のすり替えと結び付け、あからさまに疑い始めたようであった。

「まあ、まだそのお札を見たわけではないので、何とも言えないが……」

「その少年の配っているお札が見られれば、もっとはっきりしたことが分かりますよね」

　花枝はいきなり少年を見つけようとするのではなく、札を手に入れようと考えたようだ。

「はい。少年の手掛かりを追いつつ、札を受け取った人を探し、それを見せてもらえるとありがたいのですが、生憎、これという当てがないものですから、泰山に頼むしかありません」

「泰山先生ならば、患者さんたちからお話を聞けそうですものね。でも、泰山先生もお忙しいでしょうし、私たちにできることがあれば……」

　と、少し考え込む表情を見せた花枝は、ややあってから竜晴に目を向けた。

「病に関することですから、薬種問屋《やくしゅどんや》さんに訊いてみるのはどうでしょう。薬の代わりに札を配るなんて、薬種問屋さんからすれば迷惑そのものですし、何かご存じかもしれません」

「なるほど、泰山の知り合いの三河屋《みかわや》さんなら、話も聞かせてくれそうですね」

三河屋という薬種問屋は、竜晴も花枝たちも知る店である。跡継ぎの千吉《せんきち》は泰山の幼馴染《おさななじ》みで、かつて自害を図ろうとしたところを泰山に助けられ、しばらく小烏神社で療養していたこともあった。

また、三河屋の女中のおちづという娘が死霊に憑かれたことがあり、そのことを竜晴に知らせたのが花枝と大輔だったという縁もある。おちづは千吉と言い交わした仲であり、おちづに憑いた霊を祓ったことで、竜晴は三河屋の主人夫婦からも感謝されていた。

「なら、すぐに行こうよ。こことうちの真ん中あたりにある店なんだしさ。あそこのおちづさん、顔を合わせると、時々お菓子をくれるんだ。中には、薬草を混ぜて作ったとかいう変なのもあるんだけどさ」

と、大輔は少し顔をしかめながら言う。

「まったく図々しいんだから」

花枝は弟を小突いた後、たちまち愛想のよい笑みを浮かべると、

「では、宮司さまさえよろしければ、今からご一緒に三河屋さんへ伺いませんか」

と、竜晴に向かって言った。

「そうですね。あまり時を置かない方がいいでしょうし、すぐに参りましょう」

竜晴はうなずき、その場で玉水に留守番を頼んだ。

それから、花枝と大輔と共に庭へ出た後、小烏丸と抜丸にも神社に留《とど》まるよう指示を送る。

「よおし、竜晴さま。その薬師如来の申し子とかって奴をとっつかまえて、うちの札をすり替えたことを吐かせてやろうぜ」

「馬鹿ね。その申し子がうちの札をすり替えたかどうか、まだ分からないでしょ」

やる気満々の大輔を、花枝が苦笑《にがわら》いしながらたしなめている。

そんなことを言い合いながら去っていく三人を見送った玉水は、

「花枝さんも大輔さんも楽しそうだなあ」

と、うらやましそうに呟いていた。

まったくだ――というように、カアという鳴き声がそれに続いた。

三

道中、跳《は》ねるような勢いで元気よく進む大輔に、ともすれば遅れがちになりながら、竜晴と花枝は連れ立って歩いた。

「宮司さまがおちづさんに憑いた霊を祓ったのは、今年の春のことでございましたね」

花枝は懐かしそうな口ぶりで言った。

「そうでしたね。その後、千吉さんは神社へ来てくれたこともありますが、おちづさんとはお会いしていません」

「ならば、お懐かしいでしょう。おちづさんもあの頃とはずいぶん変わられました」

花枝はちらと竜晴の顔色をうかがうように見る。

「懐かしい、と思うほどには、私はおちづさんをよく知りません。私が話をしたのは、おちづさんに憑いた霊の方でしたから」

「そ、そうでございましたね」

花枝はこほんと咳《せき》払いした後、

「おちづさんは……千吉さんもですけれど、以前は少しやんちゃなところがありましたが、今はすっかり真面目になられました」

と、千吉とおちづの今の様子を語り出した。

「三河屋のご主人とおかみさんも、跡継ぎの太一《たいち》さんに先立たれた当初は、千吉さんを物足りなく思っていたようですけれど、今は頼もしい跡取りと思っておいでのようです。おちづさんもいずれ千吉さんの嫁になるお方として、三河屋の皆さんに受け容《い》れられております」

「それはよかった。お二人はまだ祝言《しゅうげん》を挙げられてはいないのですね」

「はい。太一さんが亡くなってまだ一年も経《た》っていませんから。ですが、一周忌を終えたら、祝言を挙げられるそうですよ」

花枝の話によれば、千吉とおちづの二人は、三河屋の中にそれぞれの居場所を見つけたようであった。

「三河屋さんの商いについては、どうなのでしょう。泰山も取り引きをしているはずですが、不眠に効く酸棗仁湯が作れなくて困っているとか」

竜晴が事のついでに尋ねてみると、花枝は商いのことまではくわしく知らないと答えた。

「ただ、不眠に効く薬は、うちの旅籠でもお客さんのために用意しておきたいので、三河屋さんへ相談に行ったことがあります。本来、三河屋さんは問屋なので、個別のお客には売ってくれないのですが」

大和屋は古くからの知り合いだったこともあり、主人が相談に乗ってくれたという。ただ、不眠に効く酸棗仁湯は小売りの商人や医者からの求めが多く、とても用意できないと言われたのだと、花枝は続けた。

「うちはいざという時のために、備えておきたいというだけですので、あきらめざるを得ませんでした。それでも、梔子の実なら少しは用意できると、そちらを譲っていただきましたが」

「梔子の実が気を静めるのにいいと、泰山も言っていました」

「はい。一度、眠れないというお客さんがいらしたので、梔子の実をお分けしたのですが、そうしたら間もなく安らかにお眠りになられました。梔子の実はよく効くようです」

こんな話を交わしながら歩いていたものだから、どうしても歩みが遅くなり、

「竜晴さまに姉ちゃん、もっと早く歩けるだろ」

と、前方から引き返してきた大輔に言われる始末であった。

それからはあまりしゃべらずに歩を進め、三人は三河屋へ到着した。

「こんにちは」

花枝が店の中へ入っていくと、

「おや、これは大和屋のお嬢さん。それに坊ちゃんも」

と、帳場に座っていた番頭らしき男が声をかけてきた。花枝も大輔も三河屋ではよく顔を知られているらしい。その番頭の眼差しが竜晴の顔のところで止まった。

「こちらは、確か……」

「覚えておいででしょうか。こちらは小烏神社の宮司さまで、賀茂竜晴さまとおっしゃいます。こちらの千吉さんとはお知り合いでいらっしゃいますが」

「ええ、ええ。もちろん忘れてなどおりません。うちの若旦那がお世話になって。以来、お目にかかってはおりませんが、立花先生からよくお話を伺ってるんです

よ」

番頭は竜晴に感謝のこもった眼差しを向けた。

「番頭さん。竜晴さまは泰山先生から、薬師如来の申し子とかいう怪しげな奴の話を聞かされて、もっとくわしいことを知りたくなったんだってさ。三河屋さんなら何かご存じじゃないかと、俺たちが竜晴さまにお勧めしたんだ」

大輔が横から口を挟んでくる。

「そうでしたか。その噂話なら、あたしもちらと耳にしましたが、うちの若旦那がくわしかったはずです。若旦那を呼んでまいりますので、奥の部屋でお待ちいただけますか」

番頭は竜晴が何も言わぬうちから、すべての段取りを調《ととの》えてくれた。あっという間に小僧たちに指示を与え、竜晴たちは店の奥にある客用の部屋へと案内される。

「別の者が若旦那を呼びに行ってますんで、もうしばらくお待ちください」

そう言い置いて小僧が去ってから待つほどもなく、

「千吉ですが、失礼いたします」

という声が廊下から聞こえてきた。

「どうぞ」

花枝が立っていって、戸を開けると、きちんと正座した千吉はその場で深く頭を下げた。

「宮司さんには世話になりまして」

千吉とは事件の後も顔を合わせたことがあったが、その頃にも増して、若旦那としての自覚と振る舞いが身についてきたようである。

「先ほど、番頭さんからもご丁寧に礼を言われました。あの時のことは、十分すぎるほど感謝の言葉をいただきましたから、そう硬くならず、うちの神社にいた頃のように気軽に話してください」

竜晴が言うと、千吉は顔を上げたものの、「いやあ」と恥ずかしそうに笑った。

「あの頃は、物の道理も分かってねえ餓鬼《がき》でしたんで」

頭をかきながら、千吉は部屋へ入ってきた。

「こちらからご挨拶に行かなけりゃならねえところ、ずいぶんご無沙汰《ぶさた》しちまいまして申し訳ありません。今日は薬師《やくし》四郎《しろう》のことを聞きたくていらっしゃったということですが」

「薬師四郎？」

竜晴が訊き返すと、「あっ」と千吉は声を上げ、額をぺちっと叩《たた》いた。

「すいません。宮司さんはその名はご存じなかったんですね。ええと、薬師如来の申し子でしたっけ、そいつのことを聞きたいってお話で間違いないでしょうか」

「はい。薬師如来の申し子と呼ばれていると、泰山から聞いたのですが」

竜晴が言うと、千吉はうなずいた。

「確かにその異名も聞いたことがあります。けど、そいつの名前は四郎というらしく、薬師四郎と呼ぶ連中もいますね」

「なるほど、薬師四郎ですか」

「へえ。四郎とお付きの連中が数人で病人の家を訪れ、お札を置いていくんだそうです。四郎は十二、三くらいの餓鬼で、顔を隠しているんだとか。それだけでも怪しげってもんでさあ」

「ほう、顔を隠して……」

確か、泰山から聞いた話の中にも、顔に傷を負っていてそれを隠しているという内容のものがあったはずだ。

「お札については、何か聞いておられますか」

「薬師如来の像が描かれているとか。薬師四郎なんて呼ばれてるのも、そのせいなんでしょう」

「薬師如来像が……？」

もしや鵺の絵が描かれているのではないかと考えていたが、そうではなかったようだ。

「ええっ、鵺の絵じゃないのか？」

大輔などはがっかりしたような声を上げた。

「鵺？」

千吉の方は、鵺という言葉を聞き慣れていないためか、逆に「鵺って何だ」と大輔に訊き返している。大輔から鵺についての説明を聞き終えた後、

「鵺の絵という話は聞いたことがないなあ」

と、千吉は首をかしげた。

「千吉さんはその札は御覧になったことがあるのですか」

竜晴が尋ねると、千吉はにやっと笑ってみせた。

「実は、そのお札をもらって不眠が治ったっていう人から譲ってもらったんですよ。まあ、ちょいと金を包みましたがね。札を配って病を治すとかって、うちにとっちゃ厄介な相手ですから、気になりまして」

千吉は数日前に薬師四郎の噂を聞き込み、その後は動向を探るべく動いていたという。

「ちょいと待っていてください。おちづの奴がもうすぐその札を持って、ここへ来ることになってますんで」

千吉がそう告げてからいくらも経たぬうちに、

「失礼いたします」

と、女の声がかかった。

「入れ」

千吉が声をかけると、戸が外から開けられ、地味な紺絣《こんがすり》の小袖に身を包んだおちづが現れた。

「宮司さま、ようこそおいでくださいました。その節は……」

と、長くなりそうな挨拶の言葉を遮《さえぎ》って、

「ああ、そういうのはいい。宮司さんはご用向きの話を早く聞きたいと思っておいでなんだから」

と、千吉が早口に言う。

「まあ、すみません」

と、おちづは竜晴に言ったものの、千吉には不服そうな目を向けた。

「いえ、ご挨拶を受ける間も惜しいなどと思っているわけではありません。ですが、おちづさんのお気持ちは十分伝わっておりますので」

竜晴はおちづに言った。

「いずれにしても、健やかそうで何よりです。前に憑かれたことのある人は、その後、憑かれやすい質《たち》になったりすることもあるのですが、お変わりありませんか」

「はい、まったくそういうことはありません」

おちづは明るい表情で答えた。

「それより、早く持ってきたものをお出しししないか」

千吉がおちづを促した。

「あ、はい。それはこちらに」

おちづは右の袂《たもと》から一枚の札を取り出し、千吉に渡す。それから、脇に置いていた盆を持って部屋へ入ってくると、客人たちに茶を配り始めた。

「甘茶蔓《あまちゃづる》のお茶です。疲れが取れますし、少し甘味もありますから、坊ちゃんも飲みやすいはずですよ」

そんなことを口にするおちづは、もうすっかり薬種問屋の女中としてなじんでいる様子であった。そんなおちづの言葉を聞きながら、竜晴は千吉から渡された札にじっくりと目を通す。

千吉の言う通り、札には薬師如来の像が描かれていた。右手は施無畏印《せむいいん》を結び、左手に薬壺《やっこ》を持ったその姿は、まぎれもない薬師如来の像である。

「本当に薬師如来さまの像だ」

横から札をのぞき込んだ大輔が呟いた。出かける前に口にしていたような相手への敵意は鳴りを潜めている。

「いや、まだ薬師如来の像と決めつけることはできない」

竜晴は札の像をじっと見据えながら言った。

「え、どういうこと。竜晴さまには別の絵に見えるってこと?」

大輔の言葉に、他の者たちが皆、竜晴に目を向ける。

「どうやら、この札に呪法《じゅほう》がかけられていることは確かなようです」

竜晴はそう言うなり、札を持った左手を前に掲げ、右手で印を結んで「解《かい》」と唱えた。すると、一瞬の後――。

「えええっ！」

大輔が大きな声を上げる。

竜晴の左手にある札の表面に描かれている絵は、薬師如来の像ではなく、幾種類かの獣の一部をつなぎ合わせた奇獣であった。

「これは……鵺だ！」

大輔がさらに叫ぶ。

「だって頭が猿で、尾が蛇だろ。これはもう鵺に間違いないよね、竜晴さま」

「うむ。胴が狸で、足が虎。しかし、頭と尾の特色を大輔殿はよく覚えていたな」

竜晴が褒めると、大輔はへへっと照れ隠しに笑った。

「そりゃあ、竜晴さまからもらった大事な猿のお札がすり替えられた時、すぐに気がつかなけりゃいけないからさ。ぜんぶ覚えようとすると忘れちゃいそうだったから、頭と尾だけ、忘れないように頭に叩き込んだんだ」

「それは賢いやり方だ」

「お、おいおい、宮司さん。これはどういうことなんだ。あの薬師如来の像はどうしちゃったんだい？」

千吉が昔のようなしゃべり方で、竜晴に尋ねた。驚きのあまり、そのことにも気づいていないようだ。

「この札には呪法がかけられていたのです。これは、御覧の通り、鵺の描かれた札。しかし、鵺の札など誰も喜んで受け取らないでしょうから、薬師如来の像に見えるよう細工をしたのでしょう。それゆえ、私が呪法を解くと、元の絵が現れ出たというわけです」

「それじゃあ、薬師四郎の魂胆《こんたん》はこの鵺の札を配り歩くことだったんですかい？」

千吉が続けて尋ねる。

「そういうことになりますね」

「で、鵺の札にはどんな力があるんで？」

「それは、不眠に悩ませたり、悪夢を見せたりする力だよね、竜晴さま」

大輔が得意げに言った。

「ふむ。古い文献によれば、鵺は夜に不安を掻き立てるような声で鳴き、時の帝の安眠を妨げたとあります。ゆえに、鵺そのものには眠りを妨げることで、人を苦しめる力があると考えられるでしょう」

竜晴が続けて言うと、千吉は首をかしげた。

「けど、おかしくないか。この札を受け取った連中はたいてい不眠が治っているそうだぜ。だから、皆、薬師四郎をありがたがって信奉してるって話だ。札を受け取って不眠が悪化したとか、治らなかったんじゃ、いくら何でも薬師四郎を信じたりしねえだろう」

「ちょいと、若旦那。宮司さまに向かって、その口の利き方」

おちづが千吉を肘で小突き、小声でたしなめている。

「あっ、すみません」

千吉は額を叩き、申し訳なさそうに首をすくめた。

「いえ、かまいません。それより、千吉さんの言い分はもっともです。薬師四郎とやらが皆に支持されているのは、病を治したからに違いありません。ならば、この札に不眠を治す力が施されているのかというと、それは違う。この札にはむしろ、何らかの邪悪な呪法がかけられているはずなのですが……」

といって、大和屋ですり替えられた鵺の札のように、眠りを妨げる呪法というわけでもない。それならば、人々の不調が治るはずがないのだ。どんな呪法がかけられているのかは分からず、その上、治るはずのない不眠の症状が治っている。薬師四郎の配る札は、現状では分からないことだらけであった。

「それじゃ、宮司さん。結局、この札の仕掛けについちゃ、薬師四郎をつかまえて、吐かせるしかねえってことですかい？」

千吉が頭の中を整理するような表情で問うてくる。

「そうですね。つかまえるかどうかはともかく、薬師四郎とは話をしてみたいところですが……」

「宮司さんがそれをお望みなら、俺たちもそいつを見つけた時にゃ、すぐに宮司さんにお知らせするようにいたします」

千吉が頼もしげに請け合った。

「うん。俺たちも旅籠のお客さんとか、いろいろな人に薬師四郎のことを訊いてみるよ」

大輔も負けじと言う。

「頼もしいことです」

竜晴は二人に礼を述べた。花枝とおちづも力添えすると張り切っている。

「ですが、宮司さま」

その時、花枝が少し気遣わしげな表情で口を開いた。

「このお札……表向きは薬師如来のお札ですけれど、これを持っていて大丈夫なのでしょうか。今は不眠が治って、皆さん、喜んでいるのでしょうが、この先、よくない症状が出たりすることはありませんか」

「そのことは私も心配です。何らかの呪詛《じゅそ》がこの先、発動する見込みは高い。不眠も治ったように思わせられているだけで、後々重い症状が出たりしないとよいのですが」

「だったら、そのお札を集めて回ればいいんじゃないの」

大輔がよいことを思いついたというふうに言ったが、他の者は皆、浮かぬ表情のままであった。

「それは難しいと思うわ」

と、花枝が言う。

「お札を持っている人は、その札で不眠を治してもらったと信じているのよ。ありがたいお札をいただいたと喜んでいるのに、渡せと言われて渡してくれるはずがないわ。千吉さんがそのお札を手に入れたのだって、お金を払って頼んだというお話だったじゃないの」

「あ、そうだった」

大輔が千吉に目を向けると、千吉は深々とうなずいた。

「このお札を譲ってもらうのも、おいそれとはいかなかった。どうしても不眠で苦しんでいる人がいて、譲ってほしいと頼み込み、それなりの金も積んで、ようやく承知してもらったんだ。さすがにそんなことを何度もくり返すことはできないな」

千吉から言われると、大輔も無念そうな表情で口をつぐんだ。

「いずれにしても、薬師四郎本人を見つければ済むことです。皆さん、無理はしなくてけっこうですが、万一、本人に遭遇したら小鳥神社の宮司が会いたがっていたと伝えてください。また、本人がどこそこに現れたという話を聞いたら、教えてもらえると助かります」

竜晴が話をまとめるように言うと、皆は一様にしっかりとうなずき返した。

こうして泰山も含め、薬師四郎探しが始まったのであった。

三章　二人の四郎

一

それから数日の間、竜晴たちは薬師四郎と呼ばれる少年探しに力を注いだ。

花枝と大輔は毎日のように町を歩き回り、小烏神社へ報告に来てくれたが、噂には接するものの本人の足取りはつかめないという。泰山や千吉も会う人ごとに尋ねたり、暇を見つけては噂を拾い集めたりしてくれたが、こちらも同様であった。

人探しには向かない付喪神たちもじっとしていられぬと言うので、小烏丸には空から、抜丸には人型で、薬師四郎を探し回ってもらったが、こちらも案の定と言うべきか、成果はなし。

ただ、皆の報告から、薬師四郎の札によって不眠が治ったという者は意外に多く、彼らはまるで神を崇《あが》めるごとく薬師四郎を敬《うやま》っていることが分かった。むしろ、こうも薬師四郎の信奉者が多くなるまで、どうして気づけなかったのかと不思議なくらいである。

竜晴は千吉から聞いた話を天海にも伝えておいたが、「呪法をかけた札を配り歩くとは由々《ゆゆ》しきこと」としながらも、今は鵺の鳴き声に苦しめられている将軍の問題で手一杯らしく、「そちらのことはひとまず賀茂殿に万事お任せしたい」という返事であった。もちろん鵺との関わりという点で、二件がつながっている見込みも高いが、はっきりするまでは別々に対処するしかない。

また、天海が探している太刀獅子王の持ち主も、まだ見つかっていないという。

そんなある日の夕方のこと。

「薬師四郎とやら、まさか本物の鵺なのではないでしょうか」

この日も成果を得られず、疲れ果てた顔で帰ってきた抜丸は溜息混じりに言い出した。

鵺とはいくつもの獣の一部を接《つ》ぎ合わせた奇獣だが、正体の知れぬ怪しげなもののことを「鵺のようだ」と言うこともある。抜丸が言うのはその意であった。

「ふむ。鵺が人に化ける話は聞いたことがないが、薬師四郎の正体が鵺ならば、なかなか厄介だな」

竜晴は考え込むように呟いた。

「私たちが竜晴さまから術を施していただくように、誰かが鵺を人型にしているのかもしれません」

と、抜丸は言う。そのいずれもあり得る話で、もし鵺が自在に姿を変えられる、ないしは誰かに姿を変えてもらえるのであれば、「十二、三歳ほどの四郎という少年」を探すだけでは見つからないのも道理である。

やがて、カアーと間延びした声で鳴きながら、小烏丸が戻ってきた。その疲れ切った鳴き声で、成果のほどは伝わってくる。

「竜晴ぃー」

小烏丸は竜晴の姿目がけて飛び降りてきた。竜晴が差し出した右腕にとまった小烏丸は、

「今日は北の町を飛び回ってきたのだが、怪しい少年の一団は見当たらなかった」

と、告げた。

「そうか。こちらも主だった成果はない。私も今日は花枝殿たちと町を巡り歩いて

みたのだが、噂を聞くばかりでな」

「しかし、竜晴さま。こやつは上空からかなり広い範囲を見下ろせるはず。かつて、こやつはそのことを自慢げにほざいておりました。にもかかわらず、目当ての者を見つけられないのは、こやつの目が節穴である証ではないでしょうか」

抜丸の言葉に「何を」と小烏丸が食ってかかる。

「私にお前のごとき羽があれば、こう何日も無駄に費やして竜晴さまを悩ませはしない」

「我が見つけられないのは、ただ単に探していた場所に薬師四郎がいなかったからにすぎぬ」

「いいや、お前の目が節穴だからだ」

「ならば、お前が空から探してみるがいい。上空から地上の人間の動きをつぶさに見るのが、どれほど難儀なことか、お前も知るがいい」

「生憎、私には自慢できるような羽がないのでな」

抜丸は小烏丸からぷいと顔を背けて言った。

「だったら、我がお前を連れて飛んでやろう。それで、お前が薬師四郎を見つけられれば、お前の目の良さは認めてやる」

「それだけで済むと思うな。心の底から詫《わ》びを入れ、これより五百年の間、私に召し使われる身となってもらおうか」

「おお。ならば、お前が見つけられない場合は、お前が我に五百年、かしずくというのだな」

二柱の付喪神たちはとんでもない賭けを始めた。しかし、賭けはともかく、小烏丸と抜丸が力を合わせて薬師四郎探しをするのは悪くない。小烏丸は飛ぶことに集中でき、抜丸は人々の観察に集中できる。噂話は竜晴や花枝たちでも集められるので、付喪神たちにはそれ以外の役目を果たしてもらう方がいいだろう。

そう思いめぐらした竜晴が、小烏丸の案を後押ししようとした時であった。これまでここに来たことのない何者かの気配が伝わってきた。ふつうの人間のようだが、すでに神社の敷地内にいる。

「人が来るぞ」

竜晴は付喪神たちに告げた。小烏丸は急いで庭木の枝へ飛び上がる。人型の抜丸はそのまま庭先から動かなかった。

やがて、「ごめんください。こちらは小烏神社で間違いありませんか」という男の声が玄関口から聞こえてきた。家の中にいた玉水が玄関へ出ていく気配がある。

しばらく待っていると、玉水が客人を庭先へと連れてきた。

三十路《みそじ》ほどの痩せた男で、くすんだ灰色の無地の小袖を着ている。顔色もどことなくすんでいたが、初めて見る顔であった。

「お客さまです。泰山先生のお知り合いだそうです」

玉水が客人を竜晴に引き合わせる。

「泰山の……？」

もしや泰山の身に何かあったのだろうかと、竜晴はふと嫌な予感を覚えた。

「泰山のどういうお知り合いでしょうか。また、泰山がここへ行くようにと、あなたに告げたのですか」

「私は薬師四郎さまにお仕えする者です」

男は淡々と告げた。

「泰山は薬師四郎と呼ばれる者の一行を探していましたが、知り合いではありませんでした。あなたはなぜ、泰山の知り合いと言うのでしょうか」

「知り合ったのは今日のことです。立花先生がとある患者のお宅に来られた時、薬師四郎さまがその方の病平癒《やまいへいゆ》の祈願をしておられました。無論、乞われてのことです」

男は相変わらず、抑揚の乏しい声で淡々と語った。

「なるほど、泰山と薬師四郎殿はその患者宅で鉢合わせしたというわけですか」

「はい。立花先生は薬師四郎さまの素性を知るや、どうやって病を治すのかと切り口上に尋ねてこられました。そこで、四郎さまは患者のために祈願し、薬師如来のお札をお渡しするとお答えしたのです」

すると、泰山は薬師四郎に、医者の治療や薬の服用について患者たちにどう説いているのか、尋ねたという。

「そのことは、私どもも患者さんから問われることがございます」

と、男は竜晴に前置きした。

「ほう。それで、あなた方はどう答えているのですか」

「効き目がなければやめるようにと、私どもはお勧めしております。四郎さまの祈願とお札で、病は必ず治りますので。しかし、その答えを聞くや、立花先生は急に憤《いきどお》られたのです。病平癒のために祈ることはいい。だが、祈るだけで治るわけがない。ましてや、お札は自分の知り合いのような善意の術者が渡すものならいいが、世間に出回っているものは玉石混淆《ぎょくせきこんこう》で、お前たちの札の効き目など分かったものではないと――。まあ、こんなふうなことをおっしゃいました」

「泰山は医者として、言わねばならぬことを言ったということだと思いますが」

竜晴は揺るぎのない口ぶりで、静かに告げた。

「ほほう。立花先生は確かな信念をお持ちの頑固なお方ですが、あなたの信念はそれを上回るようだ。立花先生のおっしゃる善意の術者とは、あなたのことなのでしょうな」

男は値踏みするような目を竜晴に向けてきた。竜晴の後ろに控えている抜丸が「何と無礼な奴め」と憤りの声を上げたが、男の反応はない。

「とはいえ、薬師四郎さまも確かな信念のもと、病の人々を救わんとする宿願をお持ちになられました。その使命を果たしていただくため、私どもは力を尽くすと誓いました。その信念もまた、決してあなたや立花先生に劣るものではありません」

「そうですか。まあ、あなた方の使命や信念とやらに興味はありません。私が知りたいのは、泰山がどうしているかということだけです」

そっけない竜晴の物言いに、相手の男は鼻白んだ様子を見せた。が、竜晴が瞬《まばた》きもせず男の顔を見据えていると、わずかに怯《ひる》んだ表情になった。それから目をそらすと、ごほんと一つ咳払いをし、

「私もそれをお伝えするため、こちらへ参ったのです」

と、おもむろに告げた。

その時、カアと鳴くカラスの声が上空から降ってきた。「だったら、早く言え」と言っている。

「立花先生のご態度は礼節を欠いたものでございました。そこで、私どもで取り押さえ、力ずくで追い払わせていただきました。ああ、もちろん患者さんのお許しを得てのことでございます。そのまま立ち去ってくれれば、それで終わったのですが、その後も立花先生は薬師四郎さまに付きまとってこられました。さすがに、私どもも腹に据えかねましてね」

泰山はようやく見つけた薬師四郎を取り逃がすわけにはいかないと、そうした行動に出たのだろう。とはいえ、たった一人で怪しげな者たちの集団についていくと

は、無謀もいいところだ。泰山にもっと強く忠告しておかなかったことを、竜晴は初めて悔やんだ。

「それで、今、泰山はどうしているのでしょう」

「薬師四郎さまと一緒におられますよ」

それまでの態度とは一変、男はうんざりした表情で告げた。

「どうやら、あの先生は四郎さまの様子を探ろうとしておられますね。決して私たちから来てくださいとお願いしたわけでも、強引に連れていったわけでもありません。また、閉じ込めたり、縄目にしたりもしておりません。私どもとしては、とにかくあの方に帰っていただきたいだけなのですが……」

最後の言葉は男の本音のようであった。

「どうしたら帰ってもらえるのかと尋ねたところ、こちらの神社のことをお口になさいました。こちらに知らせて、迎えに来てくれと伝えてほしいと。そうすれば、自分は帰るとおっしゃるのです」

「なるほど。それで、あなたがここへ来られたというわけですか」

竜晴が呟くのに合わせて、カラスが再び鳴いた。「医者先生よ、よくやった」という労《ねぎら》いの言葉である。

「ご用件は分かりました。おっしゃる通り、泰山を迎えに参りましょう」

竜晴はすぐに言い、樹上の小烏丸と背後の抜丸に、一緒についてくるよう思念で伝えた。

それから、庭にずっと控えていた玉水には、留守番をしているようにと命じた。

「帰る時には日も沈んでいるだろうから、提灯《ちょうちん》を一つ用意してくれ」

さらに告げると、「かしこまりました」と玉水は玄関へ引き返していく。そして、提灯の用意が調うのを待ち、竜晴は男と共に神社をあとにした。

どこへ向かうのか尋ねてみたが、男からは「いずれ分かります」という、木で鼻をくくったような答えが返ってきただけであった。

二

冬の陽が落ちるのは早い。上野を出た時はまだ日暮れ前であったが、帰宅を急ぐ人々が行き交う町を、男は急ぎ足で進んでいく。竜晴を案内するというより、撒《ま》こうとするような歩き方で、振り返りもしない。

もちろん、竜晴が男の姿を見失うことも、男の足に遅れることもなかったが、

「自分から迎えに来てほしいと言っておきながら、無礼な奴ですね」

と、人型で竜晴についてきた抜丸は文句を言った。

だが、ならば勝手にしろとは言えない事情が、竜晴の側にもある。男の言葉によれば、泰山は自分の意思で薬師四郎についていったらしく、拘束もされていないようだが、それを迂闊《うかつ》に信じるわけにもいかない。泰山が少なくとも薬師四郎の手にある以上、その無事を確かめるまでは、相手に従うより他なかった。

男が向かうのは上野から南西の方角であった。千代田の城の北辺を行き、さらにその先へと進んでいく。

（向かっているのは、四谷《よつや》の方角か）

あまり小鳥神社から出ることのない竜晴も、四谷へは何度も出向いたことがある。夏の頃、四谷に法螺《ほら》抜けの穴が現れたとの知らせを受け、調べに行ったのがその最初であった。その後、大輔の友人の一悟《いちご》がそこで霊に憑かれたのを助けたり、その洞穴の前で伊勢貞衡が襲われるのに居合わせたりと、さまざまなことがあった。

また、玉水の真の主《あるじ》である宇迦御魂が祀られているのも、四谷の稲荷《いなり》社である。ここに二尾《にび》の化け狐が現れた時、玉水を助けたことが、玉水を小鳥神社に引き取るきっかけとなった。

そうした縁のある四谷に薬師四郎がいるとなれば、いっそうの用心が必要となりそうだ。

やがて、夕映えの淡い光があっという間に陰り、陽も完全に落ちたと見える頃、男は目当ての場所に到着し、足を止めた。

そこは、案の定、法螺抜けのあった洞穴であった。

だが、目の前の光景は、竜晴の記憶とはまるで異なっていた。かつては人の姿もなく、天海の施した結界の縄が張られていただけだが、今は洞穴の前で数名の人々が焚火《たきび》をしている。火は三か所で焚かれており、夕餉《ゆうげ》のための煮炊きの他、何かを煎《せん》じている鍋もあるようだ。彼らは黙々と仕事に励んでおり、顔を上げて竜晴に目を向けはしても、表情を変えもしなければ、挨拶してくるわけでもない。

そこに泰山の姿はなく、十二、三歳ほどの少年も見当たらなかった。

「立花先生は洞穴の中におられますよ」

竜晴の内心を読んだように、案内してくれた男が言った。

「この場でお待ちください」

男はそう言い捨て、一人で洞穴の中へ入っていく。その間にもう一度、竜晴は外にいる人々の様子をじっと見つめた。彼らは初めに一度、竜晴に顔を向けただけで、その後は特に気にしている様子もない。どうやら抜丸の姿が見える者はいないようであった。

竜晴たちと一緒に空を飛んできた小烏丸は、無事に洞穴近くの木の枝にとまり、油断なくこちらの様子をうかがっているものと見える。

やがて、待つほどもなく、先ほどの男が洞穴から戻ってきた。その後ろには二つの小柄な人影があったが、泰山の姿はない。

「薬師四郎さまであらせられます」

案内役の男がもったいぶった様子で告げた。気がつけば、その場にいた人々は一様に作業を取りやめ、その場に正座して頭を下げている。

薬師四郎はここにいる人々からたいそう敬われているようであった。

小柄な二人のうち、どちらが薬師四郎かはすぐに分かった。背丈は同じくらいだが、一人は女だったからだ。女は二十歳になるかならずといったところで、薬師四郎の隣を半歩遅れるくらいでついてくる。

一方、薬師四郎本人はといえば――。

(なるほど、顔を隠しているという噂が正しかったわけか)

今、竜晴の目の前にいる薬師四郎は、目から下の部分を黄色い布で覆っていた。黒々とした目は切れ長で美しく、美少年という噂はそこから立ったものかもしれない。

「そなたたち、挨拶はよいからそれぞれの仕事にお戻りなさい」

と、女が人々に声をかけた。やけに物々しい口の利き方であった。

人々がそれぞれの仕事に戻るのを待ち、竜晴は薬師四郎の目をじっと見つめながら、挨拶した。

「私は小烏神社の宮司で、賀茂竜晴と申す者。こちらに立花泰山がいると聞き、その方に案内されてまいりました。泰山に会わせてもらいたいのですが」

薬師四郎は竜晴が語る間、目をそらさなかったが、その後、竜晴に返事をするより先に傍らの女に目を向けた。それからややあって、

「立花泰山は洞穴の中にいる。すぐに連れ帰ってもらいたい」

と、どういうわけか、薬師四郎ではなく女が告げた。

「泰山の件は了解しました。ところで、私は薬師四郎殿に話しかけたのです。それなのに、どうしてそちらの方がお話しになるのですか」

「この者は、薬師四郎さまにお仕えする巫女なのです」

今度は、案内役の男が竜晴に答えた。

「薬師四郎さまはお口を利かれません。ただし、その意とするところは、こちらの巫女が聞き取り、四郎さまのお言葉として我々に伝えるのです」

「なるほど、そういうことでしたか」

そういえば、薬師四郎は言葉を発することなく、唸り声で意を伝えるというような噂もあったはずだ。

竜晴は改めて薬師四郎に目を向けた。四郎の目の光は強く、じっと竜晴を見つめ返してくる。

「それでは、四郎殿がお顔の半分を隠しておられるのは、お口を利かれぬことと関わりがあるのですか」

　再び四郎は女に目を向けた。それから、女がおもむろに口を開く。

「そのことについて、あなたに答えるつもりはない」

にべもない返事だが、そう言われれば確かにその通りで、会ったばかりの竜晴に答えなくてはならぬ義理はない。

「ところで、こちらでは何かを煎じているにおいがしますが、何を煎じておられるのでしょう」

　もしや薬草ではないかと思い、竜晴は問うた。

　薬師四郎が巫女に目を向けたのはそれまでと同じだが、

「そのことについては、そなたから答えるように」

と、女は案内役の男に目を向けて告げた。

「かしこまりました、四郎さま」

　男は恭《うやうや》しく四郎に答え、それから竜晴に目を向けた。

「こちらは四郎さまのお指図でお作りしているご神水《しんすい》です。我ら四郎さまにお仕えする者たちは、四郎さまより直に頂戴することができるのです」

　男は感動に包まれた声で言う。竜晴に聞かせるため、わざとそうしているのではなく、自然とそうなってしまうようだ。

「ご神水……？」

男はおもむろにうなずくと、

「四郎さまのお指図があれば、市井《しせい》の人にお分けすることもあります」

と、冷静な表情に戻って続けた。

「そのご神水とやら、ふつうの薬草を煎じたものなのではありませんか」

「ご神水はご神水です。四郎さまのお指図でお作りするものであり、何を煎じているのかなど、我々が知ることではありません」

本当に知らないのか、それとも余所者に口外してはならぬ決まりなのか、竜晴にも読み切れない。ただ、どちらにしても、男が薬師四郎に心酔していることは確かであった。おそらくは、巫女と言われる女も、他の人々もまた。

「分かりました。では、泰山に会わせてください。私が連れて帰りましょう」

竜晴は薬師四郎の目を見て告げた。この時、四郎はすぐにうなずいた。

それを受け、案内役の男だけが洞穴の中へ入り、やがて、泰山を伴って戻ってきた。薬箱を背負った姿は、いつもの泰山である。

「竜晴よ、面倒をかけてすまなかったな」

泰山はややきまり悪そうな表情を浮かべて、謝罪した。具合が悪そうでもなければ、特に脅えてもいない。念のため、何かに憑かれてはいないか、また何らかの術を施されてはいないか、竜晴はひそかに探ってみたが、その様子もなかった。

「別にかまわない。今、薬師四郎殿にいろいろとお尋ねしていたところだ」

竜晴は落ち着いた声で告げた。

「お前も尋ねたいことがあったのだろう。心ゆくまで尋ね、納得したのか」

竜晴が問うと、泰山は難しい表情になった。

「尋ねたいことは山のようにあったゆえ、いろいろと伺った。答えてもらえたことも、もらえなかったこともある。私は医者として、四郎殿のやり方に納得できぬところがあるし、申し上げたいこともまだまだある。だが、こちらの言い分を受け容れてもらうことは、今日のところはできなかった」

泰山は不服そうな声を滲《にじ》ませて言うが、

「まあ、今日の今日で、何もかも求めるのは難しいだろう」

と、竜晴はなだめた。

「それもそうだな」

泰山も竜晴の言葉には納得した様子でうなずく。

「では、泰山は確かに引き取らせてもらいます。こちらまでのご案内をありがとうございました」

竜晴は挨拶し、泰山もすっきりしない面持ちではあったものの、

「突然、押しかけて申し訳なかった。ご迷惑をおかけしたことは謝ります」

と、頭を下げた。そして、二人が四郎らに背を向けて歩き出そうとすると、

「お待ちなさい」

突然、巫女の声が追いかけてきた。竜晴と泰山は急いで振り返る。薬師四郎が何かを訴えるように、巫女に目を向けていた。

「薬師四郎さまのお言葉です」

と、女が改まった様子で切り出した。

「今は分からぬだろうが、いずれ我々の為《な》そうとしていることの偉大さが分かるだろう。あなた方にはそれを見届けていただきたい」

竜晴と泰山は目と目を見交わした。

薬師四郎の言葉はそれで終わりだったようだ。女が言い終えると、薬師四郎はもはや用は済んだとばかりに、竜晴たちより先に背を向け、踵《きびす》を返した。巫女と案内役の男があとに続く。

――小烏丸。

竜晴はその場で、近くの木にとまっている小烏丸に思念で呼びかけた。

――薬師四郎の居場所が分かったと、大僧正さまに伝えてくれ。

――分かった。

小烏丸の返事が届いたかと思うと、すぐに飛び立っていく羽音が続いた。

竜晴は提灯の火をもらい、それを手に歩き出した。泰山が続き、抜丸もその後ろに従っていたが、泰山は気づいていないだろう。

しばらくの間、竜晴と泰山は無言で歩き続けた。

「あの四郎という少年、お前はどう見た?」

泰山が竜晴に尋ねてきたのは、もう四谷を出たかと思われる頃であった。

本当は薬師四郎の居場所を突き止めたら、その場を去るつもりだったが、顔を隠して口を利かない四郎の様子や付き従う者たちの傾倒ぶりに不安を覚え、竜晴を呼んだのだと泰山は打ち明けた。

「私から話を伝えるより、実際にあの少年を見てもらいたかったんだ」

「ふむ。口が利けないのか、あえてそう振る舞っているのかは、何とも言えぬ。顔も半分近く隠れていては、読み取れるものも限られるからな。ただ、何らかの――それも強い力を持っているのは確かだろう」

「そうか。ならば、あの少年の力で病を治しているというのも、あながち偽《いつわ》りというわけではないのかな」

泰山は少し自信を失くしたような声で言った。

「いや、あの者たちが配り歩いている札は、薬師如来の像に見せかけた鵺の札だ」

「あ、ああ。そうだったな。お前が呪を解いたものを見せてもらったのだった」

あれが動かぬ証としてある限り、薬師四郎たちは決して人々を癒《いや》す善意の集団ではない。泰山はそのことを改めて思い出したようであった。

「それより、私が問うた時ははぐらかされてしまったのだが、あそこでは薬草のようなものを煎じていなかったか。案内役の男はご神水と言っていたが」

「ああ、ご神水というのは彼らの間でそう言っているだけだろう。あれは明らかに薬草を煎じているにおいだ。私にはどうも梔子を煎じているように思われた」

「梔子とは、気を静めるのに役立つという生薬だったな」

「そうなのだ。梔子を不眠の患者さんに処方するのは間違っていない。彼らがそれをよしとするなら、私としては敵対どころか、むしろ助け合いたいくらいだ。それなのに、患者さんのお宅で鉢合わせした時、あの者たちは生薬や漢方の処方に難色を示した。薬師四郎さまのお札さえあれば十分だ、などと言って……。どうしてそういう言い方をしたのか、そこが分からない。まるで私を怒らせるためだけに、そう言ったふうに思える」

泰山は首をひねっている。

「ふうむ。お前がそう思うのなら、本当にお前を怒らせたかったのかもしれない。なぜお前を怒らせたかったのかは不明だが……」

「そういえば、洞穴の中で妙に感じられたことがあった。中は火を使えないのだが、それでも不思議と温かいのだ。それに、妙に湿っぽかった。今の季節は乾いた風が吹くせいで、湿り気《しめりけ》とは縁遠いはずなのだが」

「湿っぽい……？」

　あの洞穴は、遠い昔は海中であったのだし、近頃まで大法螺貝が住み着いていた場所でもある。だから、それなりの湿気を備えていても不思議はないが、夏に竜晴が洞穴を訪れた際、すでに法螺貝はおらず、湿っぽさを感じることはなかった。それなのに、冬の今、湿っぽいとは妙であり、術が施されている見込みもあろう。洞穴の中が温かいのも同じことだ。

　すると、あの薬師四郎は鵺の札を別の絵柄に見せかける術ばかりでなく、洞穴の寒暖や湿り気を操る術も使う、ということになる。

「なるほど。あの少年はやはり常ならぬ力を有するようだ」

「お前のような術者ということか」

　泰山が緊張した声で問う。

「まだ分からない」

　竜晴は冷静に答えた。

「もしや、何かの妖が人に化けているかもしれぬと？」

「それもあり得る」

「この先、どうすればいいのだろう。もしあの者たちが邪《よこしま》なことをしているのなら、すぐにでもやめさせたいが」

　泰山は焦った口ぶりで言う。

「うむ。だが、まだ何をしたというわけでもない。念のため、寛永寺の大僧正さまに薬師四郎の居場所についてはお知らせしようと思う。大僧正さまはご公儀のお役人とも知り合いゆえ、適切な対処をしてくださるだろう」

「そうか。ならば、ひとまずは安心できる」

　泰山はようやく肩の荷を下ろしたという様子で息を吐いた。

　それから、泰山は患者宅で薬師四郎たちに出会った時のことから洞穴で見聞きしたことまで、くわしく語り出した。たいがいはすでに把握していることであったが、竜晴はもっぱら聞き役に回った。泰山は話すことで、落ち着きを取り戻していくようである。

　やがて、小鳥神社の鳥居まで至ると、泰山はこのまま帰ると言った。途中、三河屋へ寄って、千吉に今日のことを知らせておくという。

「薬草畑は見ておくから心配するな」

「ああ。玉水によろしく頼むと言っておいてくれ」

泰山はそう言い、竜晴の渡した提灯を手に去っていった。

「薬草の世話をしているのは、玉水が来る前も来てからも、この私なんですけれどね」

それまで黙ってあとをついてきた抜丸が、最後に不服そうに声を発した。

三

翌日は十月の晦日《つごもり》である。この日の朝のうちに、竜晴は人型の小烏丸と抜丸を連れ、寛永寺へ赴いた。

四谷での出来事は、小烏丸を通して天海に伝えていたが、その後の対処までは知り得ない。それを確かめるためであったが、部屋に通されると、

「おお、賀茂殿。こちらからも使者を遣わそうと思っていたが、それより先に申し訳ない」

と、天海は慌ただしげに言った。余裕がなさそうに見えるのは、将軍の不眠の一件が解決していないためか。とはいえ、まずは薬師四郎のことである。

「いえ、お気遣いなく。四谷での仔細は小烏丸よりお聞きかと思いますが」

「うむ、かたじけない。とにかく昨日のうちに町奉行に伝える一方、拙僧の配下を件の場所へ送っておいた。まあ、見張りも兼ねてのことであるが」

「そこまでしていただけましたとは……」

竜晴は恐縮したが、天海は難しい顔で首を横に振った。

「それが、何もできなかった。拙僧の手の者が参った時にはもう、例の洞穴はもぬけの殻だったそうな」

「何と。そこまで早く動きましたか」

薬師四郎たちが遠からず拠点を移すだろうとは、竜晴も予測していた。だが、昨晩のうちに実行するとは――。あるいは、拠点は他にもあって、あの場所を知られたため、すぐに引き払ったということかもしれない。

「おそらく、今朝になって町奉行の役人も出向いたであろう。痕跡から分かったことがあれば、知らせが来るだろうが……」

「まあ、今の段階では、お役人もあの者たちを捕らえるわけにはいかないでしょうが」

「確かに、これという罪を働いたわけではないからの」

と、天海も溜息混じりに言う。

薬師四郎が行ったことは、不眠に苦しむ患者を救っただけだ。怪しげな札を配りはしたが、それが人々を苦しめたという話は上がっていない。

「賀茂殿は薬師四郎を間近に見て、その者が鵺と関わりあると思われたか」

天海がおもむろに尋ねる。

「それが顔を隠していましたので、はっきりしたことは何とも。大きな力を持つ者であるのは確かでしょうが」

竜晴の言葉に、天海は小さく溜息を漏らした。

「公方さまのお加減はいまだ変わらぬままでいらっしゃいますか」

「さよう。拙僧も上さまがお苦しみになる時刻に、お城へ伺ったが、鵺の声とやらは聞こえなんだ。ところが、上さまは不気味な声が聞こえるとおっしゃり、跳ね起きられる」

「跳ね起きられる……？　もしや、悪い夢を御覧になっておられるのでしょうか」

悪夢ゆえに苦しんでいるのなら、獏の札で解決できるかもしれない。竜晴がそのことを口にすると、天海もそれがはっきりしたら頼みたいと言った。現時点では、将軍の訴えが悪夢によるものなのか、目覚めている時に聞く幻聴なのか、はたまた将軍にだけ聞こえる特殊な怪異なのか、判断しかねるのだそうだ。

「上さまもお疲れゆえ、浅い眠りで見た夢とうつつとを混同されておられるかもしれぬ。悪夢や幻聴ではないかと拙僧も疑ったのだが、上さまご自身はまさしく声が聞こえると、はっきりおっしゃるのでな」

天海はいつになく悩ましげな表情で呟いた。病平癒の祈禱、悪霊退散の祈禱もしたが、効果はないらしい。

「大僧正さまにおかれては、公方さまの一件でお忙しいところ、薬師四郎の案件まで持ち込んでしまい、申し訳ありません」

「いや、両者が関わっている恐れもあるゆえ、気遣ってくださるには及ばぬ」

とはいえ、天海にとって今いちばん大事な案件は、薬師四郎ではなく、将軍の不眠の方であろう。

「そういえば、獅子王の持ち主は見つかりましたか」

竜晴が話を変えて問うと、

「生憎、今の持ち主は分からぬのだが、それでもごく近い頃までの所有者は追うことができた」

と、天海は少しばかり明るい声になって答えた。

源頼政に与えられた太刀はその後、頼政の後裔《こうえい》である斎村《さいむら》（赤松《あかまつ》）氏の手に伝えられたらしい。そして関ヶ原《せきがはら》の戦いの際、時の当主であった斎村政広《まさひろ》は西軍に付いた。その後、徳川家康《いえやす》に降伏したものの許されず、切腹を命じられた上、獅子王は没収されたという。

「何と、権現《ごんげん》さまの持ち物となっていたのですか」

徳川家康といえば、天海の盟友である。だが、天海自身は、生前の家康がこの獅子王を所有していたことを知らなかったそうだ。そこで、まず今の将軍家に伝わっているのか確かめてみたが、城に保管されている宝物の中に獅子王はなかった。

「権現さまが、ご子息なりご親族なりのどなたかに、お譲りになったのでしょうか」

天海もそう考え、可能な限り徳川の親戚筋に尋ねてみたという。だが、自分が譲られたという者も、譲られた人物を知る者も、現れなかったそうだ。

「そうはいっても、権現さまの持ち物が散逸してしまったわけではありますまい」

「おそらく、お血筋ではない者に下賜されたのだと思うが、記録を当たれば分かるであろう」

そちらは続けて調べさせているところだと、天海は告げた。

「竜晴さま」

その時、背後に座っていた抜丸が声をかけてきた。竜晴と天海より他に人のいない場所では、付喪神たちもふつうに話すことができる。

「東照大権現《とうしょうだいごんげん》の持ち物であったといえば、例のおいち――いえ、南泉一文字《なんせんいちもんじ》もそうではなかったでしょうか」

「そういえば……」

と、天海が思い出したように呟いた。

南泉一文字はかつて家康が所有していた打刀《うちがたな》だが、その後、子息の一人である尾《お》張義直《わりよしなお》に譲られた。今も尾張徳川家の所有物であるが、この付喪神が生まれて間もない頃、小鳥神社で預かっていたという経緯《いきさつ》がある。生まれた付喪神は仔猫《こねこ》の形をしていたが、今はもう立派な成猫《せいびょう》で、小鳥神社の面々からは「おいち」と親しまれていた。

「尾張大納言《だいなごん》さまにもお尋ねしてみたが、何も知らぬという仰せであったがの」

と、天海は言うが、

「大納言さまがご存じなくとも、付喪神の方は知っているかもしれません」

と、竜晴は答えた。

獅子王が誰かに下賜された際、おいちはまだ生まれていなかったであろうが、付喪神は生まれる前の記憶も宿しているものだ。ならば、獅子王の行方をおいちが知っていることもあり得る。

「南泉一文字の付喪神は尾張家で暮らしていますので、すぐというわけにはいきませんが、こちらでも確かめておきましょう」

竜晴は請け合い、天海は「ありがたい」と礼を述べた。

これで、互いに語り合うべきことは語り終えたようだ。では、そろそろ辞去しようかと竜晴が考え始めた時、

「賀茂殿」

と、天海が呼びかけてきた。その表情はそれまでにない緊張を漂わせている。

「はい」

竜晴も表情を引き締めた。

「実は、このことは賀茂殿に話そうかどうしようかと迷ったのだが……」

と、天海は切り出し、いったん口を閉ざした。話そうと決めたようだが、今なお逡巡《しゅんじゅん》しているらしい。

「もちろん、私に話すことへの懸念がわずかでもおありなら、お話しくださらないでけっこうです」

竜晴は落ち着いた声で返した。

「無論、賀茂殿に対しての懸念などあろうはずがない。躊躇《ためら》うのは、現時点ではまだご公儀の一部の方々しか知らぬ機密であることと、それが江戸とは関わりなきことのためだが……」

「確かに、私が大僧正さまから頼まれたのは、この江戸を守るべく力をお貸しすることでした。実際、江戸から遠い場所で起きた出来事に対して、私は何かしようとは思いませんし、私の仕事と考えることもできません」

「うむ。拙僧もこの件に関して、賀茂殿に力添えを頼みたいわけではない。ただ、先の薬師四郎の一件を聞き、もしやと思うこともあり……」

「薬師四郎と関わる案件なのですか」

竜晴は天海の目を見据えて訊き返した。

「そう言い切ることはできぬ。いや、関わりなしと見るのが妥当であろうが……」

天海にしてはめずらしく、あいまいな物言いをくり返している。

「話す話さぬは、大僧正さまのご判断にお任せしますが、私が余所へ漏らすことはありませんし、関わるなとおっしゃるなら関わりません。万一、私の仕事に関わるのなら、しかるべき働きをいたしましょう」

「見苦しいところをお見せして申し訳ない」

天海はようやく心を決めたようであった。

「これは固く内密に願うが、去る二十五日、九州の島原《しまばら》で反乱の火の手が上がったのじゃ」

「反乱、でございますか」

徳川の世を揺るがせる一大事、と天海は深刻に考えているようだ。とはいえ、戦国の世はすでに遠い。大坂《おおさか》の役《えき》で豊臣《とよとみ》家を倒した徳川に歯向かう者が現れようとは、意外な話であった。

九州での出来事は早馬で江戸へもたらされたが、現状ではくわしいことはまだ分かっていないらしい。ただ、反旗を掲げたのは大名家ではなく、切支丹《きりしたん》を信仰する者たちであると、天海は明かした。

「なるほど。信仰を禁じられた者たちが立ち上がったというわけですか」

「相変わらず、賀茂殿は動じておられぬご様子だな」

天海は複雑そうな表情を竜晴に向けてくる。

「大変なお話ではありますが、今のご公儀のお力ならば解決できぬ問題とも思えません。また、私がさほど動じるような話の中身でもなかったと思いますが」

「確かに、今までの話ならばそうでござろう。ただし、心してお聞きくだされ。その反乱軍を率いているのは十五、六歳ほどの少年だそうな。そして、その名を……四郎と申すらしい」

「何と、四郎……」

竜晴はそれなり絶句した。その背後では、付喪神たちが「どういうことだ」「あの薬師四郎と関わりがあるのか」とかしましく騒ぎ立てている。

「反乱軍の四郎は、天草《あまくさ》四郎と呼ばれているそうな。天草四郎と薬師四郎、今のところつながりがあるとは思えぬが、世を騒がせている報いはどちらにも受けさせねばなりますまい」

天海が悲壮な決意を白い眉に滲ませて言うのを、竜晴はただ黙って聞くばかりであった。

四章　獅子王

一

十月最後のその日、寛永寺から戻った竜晴たちは居間に集まり、今後の策を相談した。玉水が寛永寺での話を聞きたがり、抜丸と小烏丸が時に互いを罵《のの》り合いながら、何とか玉水に分かるように話をする間、竜晴は一人考えにふけり続けた。

やがて、ふと周囲が静かになったのに気づいて我に返ると、小烏丸と抜丸、玉水が案ずるようにこちらの顔色をうかがっている。

「ああ、玉水への話は終わったのだな」

三名はばらばらにうなずいた。

「では、玉水。分かったことを話してみなさい」

竜晴が言うと、玉水は急に話を振られたことに驚きつつも、

「ええと、いっぱい聞いたお話の中で大事なことは……獅子王さんの行方を、おいちちゃんが知っているかもしれない、ということです。それから、遠い場所で戦《いくさ》を始めた悪い人の名前が、江戸で悪いお札を配り歩いている人と同じ四郎さん、ということです」

と、懸命に答えた。

昂奮気味にまくし立てていた小烏丸と抜丸の話は、かなり長かったと思われるが、玉水はきちんと主旨《しゅし》を理解できたようだ。

「そうだ。江戸の薬師四郎と天草四郎につながりがあるのかどうかは分からない。だが、天草四郎のことは調べようがないゆえ、とりあえずはできることから取りかかっていこう」

竜晴が告げると、今度は申し合わせたように、三名が息を合わせてうなずいた。

「薬師四郎の行方も気になるが、これはお役人たちも探しているだろうから、我々はいったん手を引こう。見つけたところで、つかまえることもできぬのだからやむを得まい」

この言葉にも三名はそれぞれうなずき、めずらしいことに口を挟んでこようとはしなかった。

「私がまずするべきことは、獅子王の在処《ありか》を突き止め、大僧正さまにお伝えすることだろう」

「それを、おいちちゃんに訊くんですね」

玉水が嬉しげな声を上げた。

付喪神のおいちは、本体の南泉一文字がある尾張徳川家に仕える侍、平岩弥五助《ひらいわやごすけ》の長屋で、その飼い猫として暮らしている。平岩はおいちのことを本物の猫と思っており、おいちは付喪神であることを悟られずに、うまく偽装しているようだ。

だが、尾張家の屋敷地の中にいるおいちに、ものを伝えるのは容易ではない。それらしい用事があれば、平岩弥五助を呼び出し、おいちを連れてきてもらうことも可能だが、そんな用事もそうそうありはしなかった。

「今回は、小烏丸に出向いてもらおう」

竜晴が言うと、小烏丸は顔を輝かせた。

「おお、我に任せてくれ。竜晴のため、役に立ってみせる」

やる気満々で力強く言う小烏丸の傍らで、抜丸はあからさまに不機嫌そうな顔をした。が、この役目を果たせるのは、空から尾張家の屋敷へ入り込める小烏丸だけである。

「では、おいちのもとへ行き、小烏神社へ来るよう伝えてほしい。私から平岩殿に働きかける必要があれば、何をすればよいか、訊いてきてくれ。おいちにその算段がつかぬのなら、こちらで何とかするから心づもりだけしていてくれ、とも——」

竜晴の言葉に、小烏丸は「分かった」と頼もしく返事をした。

「今すぐに行けるか」

それにも、小烏丸は「無論だ」と言う。そこで、竜晴は「解」と唱えて、小烏丸の人型を解いた。水干姿の少年が消え、つややかな黒い羽を持つカラスが現れる。

「では、行ってまいる」

小烏丸は一声鳴いてから、飛び立っていった。小烏丸の飛翔《ひしょう》を見送り、障子を閉めた玉水が、

「おいちちゃんが来るの、楽しみです」

と、うきうきしながら言う。

「何を用意しようかな。おいちちゃんは付喪神だから物は食べないし、猫戯《ねこじゃ》らしの

草はもう枯れてしまったし」

思案しながらぶつぶつ呟いている玉水は無視して、

「ところで、竜晴さま」

と、抜丸が話しかけてきた。

「獅子王が今の世に伝わっているのなら、奴も付喪神になっていますよね」

「うむ。お前たちと同じ頃から世にあった太刀なのだから、付喪神になっているのが自然だろう」

「そやつが見つかれば、鵺を白日の下に引きずり出して、退治することもできるでしょう。たいそうな名前を持っているのですから、そこその力はあると思われますし」

「ふむ。名前からすると、獅子の姿を取った付喪神が想像されるが、生憎、獅子はこの国にはいない」

「私も獅子を見たことはありません。そもそも実在する生き物なのでしょうか」

抜丸は首をかしげている。

「うむ。虎や象と同じように、この国にはいないが実在はする。その点、竜や麒麟《きりん》、鳳凰《ほうおう》のような伝説の生き物とは異なるわけだな。だが、この国で生まれる付喪神が、ここにはいない獣の姿を取ることがあるのだろうか」

「そういう話は、私も聞いたことがありません。それに、この国にいない獣がそこらへんに現れたら、皆、吃驚《びっくり》してしまいますよね。場合によってはつかまえられたりすることだって」

「その通りだ。となると、この国にいても不思議のない姿を得るのかもしれぬな。太刀の付喪神は、自身がかつて斬ったものに関わることも多いのだろう。他ならぬお前自身が大蛇《だいじゃ》を斬った刀だ」

「はい。けれども、私は大蛇の姿を取ることはなく、大蛇の仲間である蛇の姿を取ることになりました」

抜丸は少し誇らしげな表情を浮かべて言った。かつて平忠盛《ただもり》の刀であった頃、抜丸は忠盛に襲い掛かろうとした大蛇を斬ったという伝説を持つ。その時、忠盛は眠り込んでいたのだが、刀身はひとりでに鞘《さや》から抜け、大蛇に斬り掛かったのだ。この逸話から、刀は「抜丸」という名で呼ばれることになった。

南泉一文字のおいちもまた、猫を斬ったという逸話があり、そこから猫の姿を取ったものと考えられる。

「獅子王が何かを斬ったという伝説は聞かないな」

「まさか、鵺の姿をしているわけじゃありませんよね」

狸の体に猿の頭……恐ろしい鵺の姿をした付喪神とはぞっとしないが、獅子王は鵺を斬った刀ではない。退治した武将に褒美として授けられた太刀なのだから、鵺の姿ではないと思われるが……。

「やはり、名前にちなんで獅子に近い別の何か、ではないだろうか」

竜晴の言葉に、抜丸は考え込み始めた。獅子王がどんな形をしているか、よほど気になるようだ。

玉水は玉水で、おいちを迎えるに当たり、どんな準備をすればいいかと頭を悩ませている。いずれもこれといった答えが出そうにないが、竜晴は触らずに放っておくことにした。

こうしてしばらくの間、小烏神社には静かな時が訪れたのだが、それが破られたのは半刻《はんとき》（約一時間）ばかり後のこと。小烏丸が帰ってきたのである。

竜晴の指示で、玉水が障子を開けると、その隙間から飛び込んできた小烏丸は、

「竜晴よ。我はしかとおいちに会って、竜晴の言葉を伝えてきたぞ」

と、床に着地するなり大声で告げた。

「愚か者。そんなことはここで言うまでもない。おいちがどう返事をしたのかを述べるべきであろう」

抜丸がつけつけと言い、「それはこれから言おうと思っていたところだ」と小烏丸が怒って言い返す。そんな両者のやり取りをまったく無視して、

「小烏丸さん。おいちちゃんは元気でしたか」

と、玉水がのんきに問いかけるものだから、その場は一気に騒がしくなった。だが、

「それで、おいちは何と言っていたのだ」

竜晴が問いかけると、その場の騒ぎは途端に静まり、

「おいちは、『それならすぐに神社へ行きます』と言っていた」

と、小烏丸がおいちの言葉を伝えた。

「神社へ行きます、だと。おいちがどうやってここへ来るというのだ。飼い主の主人に連れてきてもらう算段がついたのか」

抜丸が問いただすと、小烏丸は首をかしげた。

「はて、そうは言っていなかったが、とにかく行くと言っていた」

どうやら、小烏丸は「行く」というおいちの返事に安心し、どうやって来るのか、その細かいことまでは聞いてこなかったようだ。

「それでは、何の務めも果たしていないのと同じではないか」

抜丸が小烏丸を責め立てる。

「おいちが来ると言ったのだ。その言葉を信じてやらずしてどうする」

小烏丸も負けじと言い返した。今度はこの騒ぎが大きくなる前に、

「おいちはすぐに行くと言ったのであろう。ならば、その言葉がどういう結果となるか、まずは見せてもらおうではないか。おいちとて付喪神。己の口にした言葉には責めを負う覚悟があるだろう」

と、竜晴が言い、その場は静かになった。

とりあえずは待つしかないわけで、小烏丸はその場で羽を休め、抜丸は人型のまま、薬草畑の様子を見に行くという。それから、さほどの時も経たぬ朝四つ半（午前十一時）の頃、にゃあという鳴き声と「おいちか」という抜丸の声が庭から聞こ

えてきた。

「おいちちゃん！」

玉水が飛び上がり、すぐさま縁側に面した障子を開ける。

「皆さん、こんにちは」

庭先には、虎猫のおいちが四本の足でしっかりと立っていた。

二

まずは中へ入れとおいちを迎え入れた一同は、八月の虫聞きの会以来の再会を喜び合った。おいちはその後もつつがなく、元気に暮らしているようだ。

「それにしても、お前は一人でここまで来たのか」

竜晴は用件の前にまずそのことを尋ねた。付喪神たちも玉水も気になっているようだ。

「走ってきました」

おいちは平然と言う。

「走ってって、おいちちゃん、ぜんぜん息が乱れていないじゃないか」

玉水が驚いて訊き返した。

「いちは走っても、そんなに息が乱れません。それに、ふつうの猫さんより速く走ることができるみたいです」

まるで他人事《ひとごと》のようにおいちは言う。

「そこは付喪神ならではの力であろう。しかし、ふつうの猫の何倍も速く走ったりしたら、人目を引いたのではないか」

竜晴が問うと、「大丈夫です」とおいちは自信を持って答えた。人の目のあるところでは、ふつうの猫並みの速さで走り、人目のないことを確かめてから、最速の力を出したそうだ。

そのため、尾張家の屋敷地内で小烏丸と別れてから、さほど時をかけることなく、おいちは小烏神社へやって来られたというわけだった。

「それじゃあ、おいちちゃんはこれからも、自力でここへ遊びに来られるんだね」

玉水が嬉々として問うと、「はい、来られます」とおいちは答えた。

「ご主人さまが心配するので、あまり長く留守にはできませんけど、ご主人さまがお仕事に行っている間は大丈夫です」

飼い主の平岩弥五助は朝から夕方近くまで、たいてい主君の屋敷に詰めているそうだ。その間、おいちは時折、本体に戻ったり、猫として屋敷地内をうろうろしたりしながら、過ごしているという。

「おいちよ。お前の本来の主、つまり南泉一文字の主は平岩殿ではなく、尾張徳川家のご当主だ。そのことは忘れてはならぬ」

竜晴が注意すると、おいちははっとした様子を見せ、それからうなずいた。

「そうでした。お殿さまがいちの本来の主さまです。ご主人さま……じゃなくて、ええと、平岩の……」

おいちは言いかけて戸惑っている。

「平岩殿をご主人と呼ぶのは問題ない。あの方はおいちの飼い主であり、もう一人のご主人だ」

「はい、分かりました」

おいちは元気よく答えた。

「ところで、そろそろ本題に入ろう。おいちよ、お前に来てもらったのは、あることを尋ねたかったからだ。お前はかつて東照大権現さま、つまり徳川家康公の持ち物だった頃があるな」

「はい。今の主さまに渡される前は、確かにその方がいちのご主人さまでした」

「東照大権現さまはお前以外にも多くの刀をお持ちだったろう。お前は確か、豊臣家から徳川家に伝えられた刀のはずだが、お前のように別の家から徳川へ渡った名刀も数多くあったはずだ。その中に、獅子王という太刀があったはずだが、聞いたことはないか」

「獅子王さんなら知ってます」

と、おいちはあっさり答えた。

「何と、おぬし、獅子王を知っているのか」

抜丸と小烏丸が色めき立つ。二柱の大袈裟《おおげさ》な反応に、おいちの方が吃驚したようであった。

「獅子王さんがどうかしたんですか」

「お前は獅子王さんと呼んでいるが、獅子王は付喪神となっているのだな」

竜晴が確かめると「そうです」と言う。

ちよ、お前は今、獅子王がどこにいるか、つまり誰の持ち物であるか、知っているのか」

竜晴がおいちに目を据えて問うと、これにもおいちは「知ってます」とあっさり答えた。

「獅子王さんは土岐《とき》というお侍さんに渡されました。ええと、確か、もともとの持ち主は、その土岐というお侍さんのご先祖とつながりがあるんだそうです」

天海から伝え聞いたところでは、家康以前の持ち主であった斎村政広は源頼政の後裔であったはずだ。しかし、土岐氏も源氏の一門であり、頼政とつながっていても不思議はない。

「なるほど。権現さまはいったん没収した獅子王を、頼政公とつながりのある別の家に譲られたというわけか」

おいちの話は辻褄《つじつま》が合っている。おそらく家康から下賜された名刀を他へ譲りはしまいから、獅子王は今も土岐氏のもとにあるのだろう。

とはいえ、土岐氏も複数いる。下の名前まではおいちも知らなかったが、あとは天海に尋ねればすぐに明らかになるだろう。おそらく、その屋敷の場所までも天海は調べ上げてくれるだろうが、今の持ち主を呼んだところで埒《らち》は明かない。竜晴のような術者でない限り、持ち主が付喪神について知っていることはまずないからだ。だが、おいちがそうであるように、獅子王がふつうの獣のふりをして、その家で飼われていることはあり得る。

「土岐氏のもとで犬が飼われているなら、それこそが獅子王の付喪神かもしれないが……」

突然、飼い犬に会わせてくれと願い出るのも不審がられるだろう。

「獅子王さんの今の住まいが分かったら、いちがここへご案内します」

その時、おいちが言い出した。

「何と、そんなことがおぬしにできるのか」

小烏丸と抜丸が驚く。

「お屋敷の中から出てこないなら、連れてくるのは難しいですけど、さっきのお話なら外をうろうろしているんですよね。それなら、大丈夫だと思います」

おいちは自信ありげに請け合った。仮に、獅子王が屋敷地の外へ出られなくとも、猫の姿の自分なら塀を乗り越えて中へ忍び込めるので、話を伝えるところまでは必ずすると言う。

「分かった。では、土岐氏の屋敷の場所はこちらで見つけよう。それが分かったら
また同じやり方で小烏丸がお前のもとへ行き、場所を知らせる」

「分かりました。小烏丸さん、よろしくお願いします」

　おいちは小烏丸に頭を下げた。

「うむ。我に任せておけ」

　と、小烏丸が応じるのを、抜丸が「何を偉そうに」という目で見ている。

「他に、私たちがお前を手伝えることはあるか」

　竜晴はおいちに尋ねた。おいちは少し考えた後、「今は大丈夫です」と答える。

　初めて小烏神社へやって来た時は、生まれたばかりの仔猫だったが、立派に成長
したものだ。竜晴ばかりでなく、他の皆も同じ思いで、おいちを見つめていた。

「そういえば、おぬし。今はもう本体から長い間離れていても、大事ないのだな」

　やがて、思い出したように抜丸が気遣いの言葉をかける。

「はい。今は屋敷地の中なら三日くらい本体に戻らなくても、ぜんぜん平気です。

こうしてちょっと遠い場所まで来ると、そんなにはもちませんけど」

おいちはまだまだ元気な声で返事をした。

しかし、ここへ来るまでに走ってきたというし、帰るのにも体力は要るだろう。付喪神は物を食べないが、その代わり、本体に戻って休むことが必要になる。

「では、今日はご苦労だった。また獅子王の居場所が分かったら、お前に遠くまで出向いてもらわなくてはならない。あまり長居はせず、帰って休んでくれ」

「はい。もっとゆっくり皆さんと遊びたいですけど、今日は帰ることにします。獅子王さんをここへお連れするのは、いちの仕事ですから」

「うむ。お前の仕事というわけではないが、引き受けてくれればありがたい。だが、獅子王が敵意を見せたり、お前の言うことを素直に聞かない様子であれば、無理はせず私に知らせてくれ。私には、獅子王の考えを変えさせる手段がいくつかあるからな」

「分かりました。そうします」

素直にうなずいて、この日、おいちは帰路に就いた。玉水はおいちとあまり話ができず寂しそうであったが、おいちの方が弁えている様子で、

「また遊びに来ます。今では、いちも自力で出歩けますから」

と、玉水を慰める始末であった。

「うん。今は獅子王さんのこともあって、大変な時だから、遊んでばかりいちゃ駄目ってことだよね」

玉水は自分に言い聞かせるように言っている。

「おぬしはいつまでも子供で困ったものだ。このおいちを見るがいい。さすがは我の弟分というだけあって、道理を弁えた立派な付喪神になったではないか」

小烏丸が玉水を諭している。

「それは仕方ありません、小烏丸さん。付喪神は生まれる前から長い時を、物として過ごしているんですから。短い間に成長したように見えても、本当は生まれた時から一人前なんですよ」

「えっと、おいちちゃん。何だか、人間の中でも『先生』と呼ばれている人たちみたいな口を利くようになったんだねえ」

玉水は目を瞠って、おいちを見つめている。すると、どういうわけか、おいちは嬉しそうな顔つきになった。

「いちのご主人さま……ええと、平岩のご主人さまは剣のお弟子さんがいっぱいいいるんですけど、その人たちから『先生』と呼ばれています」

どうやらご主人さまみたいだと言われたようで、嬉しかったと見える。

そうして、おいちはご機嫌な様子で帰っていった。


月が替わった翌日の朝、竜晴は小烏丸を天海のもとへ遣わし、獅子王の持ち主である土岐氏について調べてくれるよう伝えた。天海の方では、まだ獅子王の持ち主が土岐氏であることも分かっていなかったようで、

「そこまで分かれば、あとはすぐに探し出せる」

と、天海は喜んでいたそうだ。

その翌日には、獅子王を徳川家康から譲られたのは旗本の土岐頼次《よりつぐ》であると、天海からの書状が届けられた。使いをしてくれたのはいつもの田辺である。

その書状には、土岐頼次はすでに故人であるが、その嫡男《ちゃくなん》の頼勝《よりかつ》が獅子王を所有していると考えられること、頼勝を呼び出して問うてもよいが、先にそちらへ知らせると書かれていた。頼勝の屋敷は駒込《こまごめ》にあるという。

竜晴は田辺が帰るや否や、そのことを小烏丸に覚えさせ、すぐにおいちのもとへ

飛んでいかせた。

　そのおいちが、一部に黒の入った銀色の毛並みの美しい犬を伴い、小烏神社を再訪したのは、それから三日後となる十一月五日のことであった。

三

　おいちと付喪神の獅子王が現れた時、部屋の中にいた竜晴が気づいたのは無論だが、庭先で最初にその姿を目にしたのは、薬草畑にいた抜丸であった。

　この時は白蛇の姿をしている。

「おいちよ。それが件の付喪神か」

　抜丸は畑の外へ進み出て、二柱の客の前をふさいだ。

「あ、抜丸さん。こんにちは」

　おいちはにこやかに挨拶し、

「こちらが獅子王さんです」

　と、銀色の犬を引き合わせた。獅子王には、抜丸が刀の付喪神であることを、おいちが伝えている。

「ふうむ。やはり、こちらには名のある付喪神殿がおられたか」

と、獅子王は呟くように言った。ふつうの人間には犬の唸り声としか聞こえぬそれが、抜丸にははっきり言葉として聞き取れる。

その時、玉水が障子を開けた。竜晴が縁側へ出るのとほぼ時を同じくして、神社の上空を飛び回っていた小烏丸が気配を察して舞い降りてくる。

竜晴は「付喪神の獅子王殿よ」と厳《おごそ》かに呼びかけると、相手の目が自分に向けられるのを待ってから挨拶の言葉を述べた。

「お初にお目にかかる。私は小烏神社の宮司で賀茂竜晴と申す者」

「うむ。宮司殿のことはおいちより聞いておる。我輩《わがはい》は獅子王と申す付喪神である」

どことなく尊大な物言いだ。おいちを呼び捨てにしているところを見れば、明らかに自分を格上と考えているらしい。

「このお犬さま、やっぱり前にお会いしたことがあります」

その時、玉水が獅子王を見て言った。

「ふうむ。確かにそこなる仔狐《こぎつね》とは前に会《お》うたな」

獅子王は驚く気配もなく応じる。

「これなる者は玉水という気狐だが、おぬしにはそれが分かるということか」

「さよう。初めて会うた時から分かっていた」

獅子王はおもむろにうなずいた。

「これ、獅子王とやら」

抜丸が思い切り鎌首をもたげて、獅子王に呼びかけた。

「竜晴さまに対して、その物言いは無礼であろう。おぬしも付喪神であれば、竜晴さまのお力がただならぬものであると分かるはず」

「それは、無論、分かっておるが……」

獅子王の声は少し困惑気味になる。

「されど、我輩はこれより他の口の利き方を知らぬゆえ」

「竜晴を敬う気持ちを見せよと申しているのだ。大体、初対面のおぬしが、竜晴と対等の口を利くことからして図々しい」

小烏丸もここぞとばかり抗議した。

「はて、どうしたものか」

獅子王は困惑し続けていたが、「こちらは付喪神の小烏丸さんです」とおいちが場を和ませる声で言った。

「まあ、互いのことがまだ分からぬ状態で、礼儀も何もあるまい。とりあえず、ふだん通りでかまわぬから、話を聞かせてほしい。我々は鵺を倒す手立てを探し求めているところだ」

「おお、鵺退治の件か。であれば、手を結ばぬ理由はない」

獅子王は力強く言った。竜晴は獅子王を部屋の中へ招き、獅子王は「邪魔をする」と断ってから中へ入ってくる。おいちや小烏丸、抜丸もそのあとに続き、最後に玉水が障子を閉めた。

「まず、念のためだが、訊いておきたいことがある。獅子王殿が犬の形をしているのはいかなる理《ことわり》によるのだろうか。獅子がこの国にいないことは無論、承知しているが……」

竜晴が尋ねると、獅子王は不快さを見せることもなくうなずいた。

「確かに、我輩の名からすれば、獅子の付喪神になるのが道理。しかし、この国におらぬ以上、その形となることは叶わなかった。付喪神は人から大事にされることで命を得るものゆえ、人が容易に思い描けぬものにはなりにくいようだ」

「なるほど、それは道理だ」

「では、何ゆえ獅子が犬になったかということだが、獅子はもともと神社に一対で祀られるものであった。それが、いつしか特別な犬と勘違いされ、狛犬と呼ばれるようになった。狛犬はいわゆるそこらにいる犬とは違うが、人々の頭の中では犬という一括《くく》りなのであろう。それゆえ、獅子の名を持つ我輩は犬の形を取ったのである」

獅子王の述べる見解は分かりやすいものであり、竜晴もすぐに納得した。

「では、もう一つ問いたいことがある。かつて獅子王殿がここへ現れた時、泰山という私の知人についてきたと聞いている。どうして泰山についてきたのか、その理由を聞かせてほしい」

「ふむ。あの人間の名は知らぬが、泰山というのか。あの者からは他の人間とは違う気配が感じられた。今にして思えば、それはこちらの宮司殿や付喪神殿たちとの付き合いによるものだったのだろう。初めからそれと分かったわけではないが、あの者が進む方向から常ならぬ気配が強く感じられたゆえ、あとをつけさせてもらった。とりあえずはその場所を確かめたかっただけで、他意はない」

「場所を確かめてどうするつもりだったのだ」

抜丸が切り込むように尋ねる。

「あの時はこれといって、どうしようというつもりもなかった。こちらの社が清浄なる気に包まれていることは分かったので、いずれ頼る日が来るかもしれぬとは思ったが、それだけのことだ」

獅子王は悪びれぬ様子で言った。

「なるほど。では、最後に鵺について知っていることを聞かせてもらいたい。だが、その前に我々が鵺について知っていること、予測していることを話しておこう」

竜晴はそう切り出し、伊勢貞衡の屋敷や大和屋で、獏の札が鵺の札に差し替えられたことから始まり、将軍が鵺らしき奇声に苦しめられていること、怪しげな札を配り歩いている薬師四郎のことまで、すべてを語り尽くした。ただし、天草四郎のことだけは天海との約束もあり、伏せておく。

「私は薬師四郎が鵺そのもの、もしくは鵺の傀儡《かいらい》ではないかと疑っているが、決め手はなく、あの者の狙いも分からない。今は居場所すら不明だが、江戸を出てはいないだろう。それゆえ、鵺の正体の見分け方、退治の仕方を分かっているなら、ぜひご教授願いたいのだ」

「宮司殿のお話、よう分かった。また、我輩に助力を申し出たのは正しいことであった。その決断を我輩は嘉《よみ》すものである」

獅子王の物言いは、おそらく当人は気づいていないのだろうが、聞く側には傲慢《ごうまん》に聞こえなくもない。案の定、抜丸と小烏丸が相手を呪い殺しかねない目で睨《にら》みつけていたが、竜晴は二柱が口を開くより早く、

「では、獅子王殿よ。鵺についてくわしい話を聞かせてほしい」

と、獅子王を促した。

「よかろう」

と、これまた抜丸と小烏丸を憤慨させる返事をした後、獅子王は語り出した。

「まずは、古い時代の鵺にまつわる話をしたい。帝をお悩ませした鵺が源頼政公によって退治され、かくなる我輩が下賜された話はご存じと思われる。されど、その話には続きがある」

それは、頼政に射られ、切り刻まれて流された鵺のその後のことであると、獅子王はおもむろに告げた。

「ばらばらにされた鵺の体は、うつほ舟に乗せられて川へ流され、暗い水底《みなそこ》に沈められたそうな。ふつうの生き物ならば、それで死を迎えたと見なしてよかろう。だが、妖の場合、新たな力を得てよみがえることもある。また、これは後から知ったことだが、とある里の者たちがうつほ舟を引き揚げ、鵺の骸《むくろ》を弔《とむら》ったそうな。これは鵺に復活の力を与えたも同じこと」

「鵺が復活した要因はそこにあったということか」

「無論、鵺とてすぐに復活できたわけではないから、この話とて何百年も前のことだ。されど、この江戸に鵺がよみがえったのは間違いない。我輩は頼政公へ鵺退治の褒美として授けられた刀だが、『この剣にて鵺から世を守れ』という意をこめての下賜であった。頼政公は我輩の主人となってから数十年後、戦いに敗れて自害してしまったが、鵺から世を守るというその意思はしかと我輩に伝わっている。我輩はそのために長い時を生き、力を蓄えてきたのだ」

獅子王は胸を張り、誇らしげに言い切った。

相変わらずの尊大さではあったが、この時ばかりは抜丸も小烏丸も不快な表情を見せなかった。心を傾けた主人、同じ志を抱いた主人が命を終えた後もなお、長く生き続ける付喪神の悲しい宿命を、獅子王の言葉から読み取ったためかもしれない。

「おぬしの不遜《ふそん》な物言いは気に入らぬが、おぬしが志を持つ立派な付喪神であることは分かった」

小烏丸は重々しい様子で言った。

「うむ。おぬしが態度を改め、竜晴さまの御前《ごぜん》に這いつくばって乞い願うのであれば、力を貸してやらぬでもない」

抜丸が獅子王に負けず劣らずの尊大さで言う。

「むむ？　這いつくばるとは、経験のないことだが……」

困惑する獅子王に、「気にするな」とだけ竜晴は告げた。

「ところで、獅子王殿が鵺を退治するために力を蓄えてきたというのなら、鵺を退治する算段はあるということか」

「さよう。もともと我輩には鵺を屠《ほふ》る力が宿っている。ゆえに、我輩の本体で鵺の心の臓を貫けば退治できるのだが、そのためには頼政公のごとく呪力もあり、剣術もできる者が我輩を使わねばならぬ」

「ふうむ。呪力と剣術か……」

「我輩の今の主も頼政公と同じ摂津《せっつ》源氏《げんじ》の血を享《う》けながら、いかんせん、呪力がまるでない。頼政公のごとき人物がこの世にいないのが嘆かわしい」

と、溜息混じりに言いつつも、獅子王は時の許す限り、町中へ出て見回りをしているのだと続けた。自分には鵺の気配を察知する力があると言うが、今のところ、鵺の尻尾はまるでつかめないという。

「なるほど、前に薬師四郎と接触した際、獅子王殿に知らせる術《すべ》があればよかったが……。この先、例の者を見つけたらすぐに知らせたい。その際は、土岐家の屋敷まで小烏丸に飛んでいってもらおうと思うが、それでよいか」

竜晴が持ちかけると、獅子王も小烏丸も了承した。屋敷の上空で鳴いてくれれば、屋敷地内のどこにいてもすぐに遠吠えで応じると言う。

「差し当たっては、公方さまのお悩みを早急に解決したい。他の者には鳴き声が聞こえないというので、もしかしたら、公方さまはそういう悪夢を御覧になって、苦しまれているのかもしれないのだが……」

「時の為政者が鵺の鳴き声に脅えるのは、近衛の帝の御世と同じだ。されど、あの折は帝以外の者も鵺の鳴き声を聞いていたはず」

「すると、公方さまの場合はやはり悪夢なのだろうか」

「うむ。近頃、大勢の人が不眠と悪夢に苦しめられているのも、鵺が関わっているのだろう。将軍のそれも同じやもしれぬが、いずれにしてもお城へ行って確かめねばならぬ」

犬の姿で紛れ込むこともできるが、できるなら本体で行きたいものだと獅子王は言った。

「頼政公に比べれば頼りないが、今のご主人に暗示をかけて、我輩を持参の上、登城してもらうことにいたそうか」

「待て。万一、城内で鵺を見つけたら、おぬしは斬りつけるつもりだろう。それを今の主人にさせるつもりか」

「うむ。今の主は呪力こそないものの、剣術はできるのでな。退治とまではいかぬが、一太刀くらいは浴びせられよう」

少し自慢げな口ぶりで獅子王は言う。

「いや、城内で刀など抜いてみよ、おぬしの主人は即刻切腹を申し付けられるぞ」

「何と、帝のおわします宮中でもあるまいに、さような仕組みになっているのか」

獅子王は千代田の城の仕組みについては無知であるらしく、虚を衝《つ》かれたようであった。

「ならば、いたし方なし。まずはこの姿で城へ入り込み、鵺の気配が感じられたら、城の外へ追い出すしかあるまい」

獅子王は今後の方策を自ら決めたようであった。

「城内ではできることに限りがあるが、寛永寺の大僧正さまのお力をお借りすることもできる。何かあれば、すぐに言ってほしい」

竜晴は獅子王に告げた。

「うむ。かような話ができるのであれば、もっと早くこちらを訪ねていればよかった。ここへ案内してくれた人間が呪力をまったく持たぬ上、少々鈍そうだったので、宮司殿ほどのお人がいるとは思わなんだ」

「泰山は確かに呪力こそ持たぬが、これまで数々の怪異にめぐり合わせ、それでも心身を無事に保っている男だ。それに、医者としても本草学者としても優れている」

「さようであったか。我輩も少し、人間に対するものの見方を学ぶべきかもしれん」

感服した様子で、獅子王は言った。

「その前におぬしは、まともな口の利き方を学ぶべきであろう」

すかさず小鳥丸が言い、

「まったくだ。名前に『王』とあるからといって、王者のごとく振る舞うのはやめてもらおうか」

と、抜丸が続く。

「でも……」

それまでおとなしくしていた玉水が、どうも納得できないという表情で口を挟んだ。

「私には、獅子王さんのしゃべり方と、抜丸さんや小鳥丸さんのしゃべり方が、そんなに違うようには思えないんですけど」

「何だと」

「おぬし、どこに耳をつけている」

小烏丸と抜丸がそれぞれ玉水に鋭い目を向ける。

「あわわ、あ、そうそう。前に会った時、獅子王さんはご自分のことを『俺さま』って言ってました。あれを、小烏丸さんたちが使っているのは聞いたことがありません。でも、今日の獅子王さんは『俺さま』とは言わないんですね」

玉水が竜晴の後ろに身を隠すようにしながら、顔だけを獅子王に向けて問うた。

「うむ。おぬしのような仔狐には差し支えないが、宮司殿や古い付喪神の方々相手に、さすがにそれは無礼であろう」

と、獅子王は冷静に答えた。

「えー、私だけ別扱いですかあ?」

玉水が心外だという声を上げる。一方の小烏丸と抜丸は少し溜飲を下げた様子で、さもあろうというように重々しくうなずいたのであった。

五章　蜃気楼

一

獅子王の訪問から四日が過ぎた夕方、泰山が小鳥神社に現れなかった。

毎朝毎夕、薬草畑の観察を日課としている泰山は、立ち寄れない時は一報を入れてくる。

「医者先生は、今日はどうしたというのでしょう。今朝、『ではまた夕方に』と言っていたのに、何の断りもなく」

すでに日も暮れ、竜晴と玉水が夕餉を終えた後もなお、現れない泰山に不服の声を上げたのは抜丸であった。

「お前は前にも、罰を与えるの何のと騒いでいたが、あの時も泰山はやって来たではないか。来ないと決めつけるには早すぎよう」

人型の抜丸に目を向け、竜晴は静かに応じた。

「そういえば、あの時は患者さんの家で夕餉を食べさせてもらったとか、言っていましたっけ」

「近頃は、薬草畑の世話も任せておけると安心しているだろうしな」

「あの先生は、玉水が世話していると思っているみたいですけれどね」

「まあ、その勘違いは仕方あるまい。玉水が来る以前は、私が水やりをしていると誤解していた」

だが、本当に世話をしているのは、以前も今も抜丸なのである。それだけに、抜丸は誰より泰山の動向が気になるようであった。

「その勘違いはやむを得ません。ですが、本当に約束を違《たが》えたとなれば、医者先生への処遇をいよいよ考えませんと」

と、抜丸は勢い込む。

「……ふむ。だが、泰山はむやみに言葉を違えるような者ではないように、私には思える」

抜丸は無言で竜晴の顔を見つめてきた。

「どうかしたか」

「いえ。人は……もちろん竜晴さま以外の人ということですが、今の時代、昔よりも平気で嘘《うそ》を吐《つ》くようになりました。これも、前に申し上げたかもしれませんが」

「そうだな。言霊《ことだま》への信仰は確かに昔より薄れてしまっている」

「そうした世にあって、医者先生だけは言葉を違えるような者でないと、竜晴さまがお考えになるのはなぜなのでしょう」

「お前はどうだ。お前は泰山が嘘を吐くような男だと思うのか」

竜晴が問うと、抜丸は少し間を置き、首を横に振る。

「いえ、そうは思いません。医者先生は誠実で、心が清らかな人です。それゆえに、悪人に付け入られる恐れはありますが……」

「うむ。私もおおむね同じ考えだ。この二年半ほどの付き合いで、私もお前も泰山の性情を分かってきたということだろう」

「竜晴さまは医者先生を信頼しておられるのですね」

「……うむ。だから、泰山が来られないのには理由《わけ》があると推測できる」

もしれない。

「あのう、竜晴さま。医者先生はここ数日、少し顔色がよくないように見受けられました」

抜丸は少し躊躇いがちに切り出した。本当に言いたいこととは、これだったのかもしれない。

「近頃、あまりよく眠れないとも言っていたな」

江戸の人々を苦しめている不眠の症状が、いよいよ泰山にも現れたということもあり得る。その原因についてはいまだ不明だが、仮に薬で治る症状だとしても、泰山は自分のためには薬を使わないだろう。

「ふむ。いつも以上に、泰山の様子に気を配った方がよかろうな」

竜晴の言葉に、抜丸はおとなしくうなずいた。

結局、この日は夜が更けても泰山は現れず、翌朝は抜丸だけでなく、小烏丸も玉水もそわそわしながら待ち受けていたのだが、五つ半（午前九時頃）になっても音沙汰なし。いつもならもうとっくに往診に出かけている時刻である。

「竜晴よ、これは一大事だぞ。医者先生が正直者から嘘吐きになってしまった」

この時は、小烏丸が騒ぎ出した。

「いや、正直者があっという間に嘘吐きになるのはおかしいだろう」

「もしや、医者先生の身に何かあったのかもしれません。とりあえず、小烏丸めに医者先生のお宅を見に行かせてはいかがでしょうか」

　抜丸が言い出し、小烏丸も「それならば引き受けるぞ」と言う。何のかのと言っていても、付喪神たちは泰山を心配しているのだ。

「カラスの小烏丸さんじゃ、家の中に入ることができませんよね。お使いなら私が行きますよ」

　と、近頃は外に慣れ始めた玉水も言い出す。

「お前は医者先生の家の場所が分かるまい。我は前に、医者先生のあとを空からつけていったことがあるから分かる」

　小烏丸は自信ありげに言うが、泰山の家の上空まで飛んでいくことはできても、泰山の様子を探ることまではできまい。それならば、いっそ自分が見に行けばいいのではないか、と竜晴が思いめぐらした時、

「竜晴さまあ、おはようございます」

　と、外の方から声がした。

「あ、大輔さんだ」

玉水が言い、縁側に面した障子を開け放つ。いつものように花枝も付き添っていたが、この姉弟も今では玄関に回ることが少なくなり、専《もっぱ》ら庭先へやって来るようになった。

「宮司さま、朝も早くから押しかけて申し訳ありません」

花枝は微笑みを浮かべながらも、恐縮した様子で頭を下げた。

「もう少し後にしようと言ったのですが、弟が少しでも早く知らせた方がいいと言うもので」

「もしや、お預けした獏の札に異変でもありましたか」

竜晴が問うと、「違うよ」と大輔の声が飛んできた。

「そっちはまったく大丈夫。だけど、昨日、大騒動があったんだ。竜晴さまは何か聞いてる？」

「いや、昨日は特に何も」

竜晴は首を横に振り、大事な話ならば中で聞こうと、二人を部屋の中に上げた。

つい先ほどまで、白蛇とカラスの形をした付喪神たちがいたが、縁側で話をしている間に、姿を隠した模様である。

花枝と大輔は部屋の中へ入ってきて、玉水は「あったかいものをお出ししなくちゃ」と声に出して言いながら、台所へと駆けていった。

「気をつかわないでいいのよ、玉水ちゃん」

花枝が慌てて声をかけたが、玉水の耳には届いていないようである。

「玉水はああしてお二人の世話をしたいのですから、好きにさせてやってください。それより、昨日の大騒動とは何なのでしょう」

「私たちは見ていないのですが、昨日の夕方近く、江戸湾《えどわん》に見知らぬ景色が浮かび上がったそうです。それは不思議な景色で、おそらくあれが蜃気楼《しんきろう》というものだろうと、見た人々は言っているのですが」

花枝が戸惑いの混じった口調で告げた。

「何でも、天を衝くような高い建物が二つも立っていたんだってさ。空にのぼるための建物なんだろうって言う人もいたんだよ」

大輔はただただ面白い話を伝えたくてたまらない様子である。

「空にのぼるための建物……？」

「そうなんだよ。そのくらい高いんだってさ」

「きっと、見た人が大袈裟に言っているだけですわ。この子はそれを真に受けちゃって」

「そりゃあ、大袈裟に言う人もいたかもしれないけど、その二つの建物についちゃ、皆、同じように話していたじゃないか。とにかく、ふつうの家を何百、何千と積み上げたような高さだったって」

大輔はむきになって言った。

「ほう。それはどのような形をしているのだ」

「ええと、一つは富士山をうーんと上に引き伸ばしたような感じだってさ」

「では、てっぺんは尖《とが》っているというわけか」

「たぶんね。もう一つは棒みたいな形なんだけど、途中に何か丸っこいふくらみが二つ付いているんだってさ」

大輔はそう言ったが、花枝によれば、建物の形は人によって言うことがばらばらだったらしい。ただ、どの人の話でも共通していたのが「二つの高い楼《ろう》のような建物がある、見知らぬ景色だった」ということだ。

「蜃気楼については文献にもありますから、恐れるようなことではないでしょう。あれはこの世のどこかにある景色が映っているそうですよ」

　竜晴が言うと、

「では、異国の景色が映っていたのでしょうか」

　と、花枝が気がかりそうに問うた。

「そうとも考えられますが……」

　竜晴は花枝の様子をじっと見つめた。

「花枝殿は怖いと思うのですか」

「いいえ。私自身は見ていないので、それほど怖くありませんが、うちでお泊まりのお客さんの中には、不吉なことが起きる前兆だ、とおっしゃる方もいて……」

「なるほど、不吉の前兆ですか」

　自分たちに理解のできないものを見て、そういう考えを抱く者が出るのはよくあることだ。

「けどさ、もっと恐ろしいことを言う人もいたんだよ」

　と、それまで元気のよかった大輔までが、何やら気がかりそうな表情を浮かべて言う。

「なるほど、お二人はその恐ろしい発言とやらを伝えに、わざわざ早くから足を運んでくださったわけでしたか」

竜晴が言うと、「そうなんだよ」と大輔は身を乗り出すようにしながら言った。

その後、ちらと花枝の方を見たが、花枝が口を開く気配がないので、しゃべるのは自分の役目と心得たらしく、大輔は話を続ける。

「蜃気楼の見えるところでは、皆が総立ちになって大騒ぎしていたんだって。その時は、不吉だって言う人もいれば、逆に開運の兆しだって言う人もいたらしいんだ。皆、思いつくままに喚《わめ》いてたんだろうけど、その中に『薬師四郎さまのお力だー』っていう声があったんだってさ」

「薬師四郎の力――？」

「そうなんだよ」

と、大輔は険しい表情になって告げた。

「薬師四郎のことは町で評判になっているし、名前だけは知っている人も多いだろ。俺は、竜晴さまからお札の仕掛けを聞いていたから、怪しい奴って思ってるけどさ。

町の人たちにとっちゃ、お札を配って病を治してくれる偉い人に思えるんじゃないかな」

大輔は遠慮がちに言うが、町中での薬師四郎の評判はすこぶるよいものなのだろう。実際に病を治してもらった人にとっては、本当に薬師如来の化身に見えているかもしれない。

「それでさ、薬師四郎のお力だって声が上がると、海沿いでは、わあって歓声が上がったんだって。そのうち、手を叩いたり足を踏み鳴らしたりする人も出てきて、ちょっと怖いくらいの大騒ぎになったらしいんだよ」

言い終えた時の大輔の顔つきは、少し脅えているようにも見えた。その後を引き取って花枝が言う。

「蜃気楼自体は間もなく消えてしまいましたし、集まっていた人々もやがて散り散りになったので、それ以上の騒ぎにはならなかったようです。けれど、皆がそうして一人の少年を崇め奉《たてまつ》っていること自体が、何だか恐ろしくも思われて……」

「確かに、少し怖い話のようにも聞こえます。ただ、それほどの騒ぎになったのであれば、ご公儀も何らかの対策を講じるでしょう。泰山と私が四谷の洞穴で薬師四郎に会ったことは、寛永寺の大僧正さまを通じて町奉行にも伝わっていますし、そんなに恐れることはありませんよ」

竜晴は二人を安心させるよう、穏やかな声で告げた。

「お待たせしましたあ」

その時、玉水が温かい麦湯を持って、部屋に戻ってきた。その底抜けに明るい声と湯気の立つ麦湯に、花枝と大輔の表情も柔らかくほぐれていく。

「ああ、あったかいわ。寒い季節はこういう気遣いが何よりも心に沁《し》みるわね」

花枝から感謝の目を向けられ、玉水も嬉しそうだ。

「うわ、あちち」

熱い麦湯をぬるま湯と同じつもりで、口に入れてしまったらしい大輔が、舌を出して辟易《へきえき》している。

「あれ、熱すぎましたか」

「俺はもうちょい、ぬるい方が好きなんだよなあ」

大輔が細かい要求を口にする。

「そうでしたか、ごめんなさい。じゃあ、次からは大輔さんの分だけ、もうちょっとぬるめに……」

「玉水ちゃんが謝ることはないわよ。この季節に合ったちょうどよい熱さだわ。大輔は飲み方が下手《へた》なだけだから、気にしないでね」

花枝が玉水を庇って優しく言い、玉水は仕合せそうな笑みを浮かべている。その様子を眺めながら、竜晴はふとこの場にいない泰山のことを思い浮かべていた。

二

その後、帰り際の花枝と大輔に泰山のことを尋ねてみると、ここ数日は会っていないという返事である。竜晴は昨夕から泰山が神社に来ていないことを話し、もしも会ったら神社へ顔を出すよう伝えてほしいと頼んだ。

「泰山先生、あの蜃気楼を見ちまったんじゃないかなあ」

大輔が少し心配そうに呟く。

「でも、そのこととこちらへ伺わないこととは、何の関わりもないでしょう」

と、言葉を返す花枝の表情にも憂いが滲んでいた。

「そうだけどさ。もしかしたら、昂奮して騒いで怪我をした人とか出ていて、その治療で忙しくしているとか」

大輔の言葉には説得力があった。怪我人を目の前にしたら、泰山は絶対に助けようと思うだろうし、それで動きが取れなくなっていることも十分あり得る。

「確かに、泰山先生ならそうでしょうね」

と言う花枝の表情から不安が消えないのは、泰山自身が怪我をしていることもあり得るからか。

「帰りがけに、泰山先生のお宅にも寄ってみることにいたします」

花枝はそう言って、大輔と共に帰っていった。

泰山に何かあれば、花枝たちが知らせてくれるだろうが、蜃気楼の話は竜晴も気にかかった。泰山が蜃気楼を目にした見込みも決して低くはない。

「やはり、私も泰山の家へ出向いて、様子を見てこようと思う」

花枝たちが立ち去った後、どこからともなく庭に現れた小烏丸と抜丸を前に、竜晴は告げた。

「私もお連れください」

「我も連れていけ」

と、二柱が口々に言うので、人型にする呪をかけてやる。玉水に留守番を頼み、花枝たちを追いかける形で、竜晴は神社をあとにした。ところが、鳥居を出ていくらも行かぬうちに、

「宮司殿」

と、前方から近付いてきた者がいる。寛永寺の使者を務める田辺であった。

「お出かけであろうか」

「はい。まあ、そうですが」

田辺の用向きは大方、天海からの呼び出しである。

「実は、大僧正さまが宮司殿をお呼びなのですが」

田辺は恐縮した様子で言った。

蜃気楼の話が天海の耳に届いていれば、まずは竜晴に相談を、と考えることは十分にあり得る。あるいは、将軍の不眠の件で、何らかの動きがあったものか。あるとすれば、獅子王の関与も考えられるが、今のところ獅子王からの知らせはない。

もろもろ考え合わせると、天海の方を放っておくこともできなかった。泰山のことは気にかかるが、自宅へはとりあえず花枝たちが出向いたのだから、少し後でもかまわないだろう。

「分かりました。一刻を争うことではないので、先に寛永寺へ参りましょう」

「まことに申し訳ない」

田辺は頭を下げ、二人は連れ立って寛永寺へと向かった。付喪神たちもその後ろからおとなしくついてくる。

やがて、いつもの部屋へ通された竜晴は、天海の表情がここ最近とは違うことに気づいた。晴れやかとまではいかないものの、ここのところ常に顔にはりついていた憂いの翳《かげ》が消えている。

「もしや、公方さまのお加減に変化がございましたか」

挨拶の後すぐに竜晴が尋ねると、

「まことに仰せの通り」

と、天海は機嫌よく応じた。

「それが、今朝方、お城へ伺い、上さまとのご対面を果たしてきたのじゃ。まるで別人のように晴れやかなお顔をなさっていて、『昨晩は妙な鳴き声がすっかり消えた』とおっしゃっておられた」

「それは、ようございました。公方さまも昨夜は安らかにお眠りになれたことでしょう」

「うむ。久々によくお休みになられたようだ」

にこやかに言った天海は、そこで不意に表情を改めると、

「して、これは賀茂殿よりお知らせいただいた付喪神、獅子王の手柄によるものと考えてよろしいのであろうか」

と、真面目な口ぶりで尋ねた。

「実は、獅子王とは先日の対面後は、顔を合わせておりませんので何とも。ただ、まずは我が身一つでお城へ入り込むと申しておりました」

「獅子王は銀の毛色の犬と聞いたが、人の目にも見えるのであったな」

「はい。されど、獣であれば、人に見とがめられず城門内へ入り込み、中を歩き回ることも可能でしょう。ご城内の森や林には、多くの獣も暮らしているようですし……」

「まあ、確かに狐狸《こり》が出ると聞いたことはある」

「おそらく獅子王は無事に城内へ入り込めたのだと思います。公方さまを苦しめていた鵺の本体がそこにいたのか、あるいは何らかの呪法が施されていたのか、そこまでは分かりませんが、どうやら獅子王はその原因を突き止めたようですね。それで、鵺の鳴き声が聞こえなくなったものでしょう」

付喪神の獅子王が現れたら、くわしい話を聞いておくと竜晴は約束した。

「ところで、公方さまは他に何かおっしゃっておいでではありませんでしたか」

竜晴の方から問うと、

「実は、夢のお話をされていた」

と、天海はすぐに答えた。

「夢……ですか」

「悪夢ではないとおっしゃる。何でも神の使いが夢に出てきたそうな。その使いが鵺を退治してくれたのだと、上さまはお信じになっておられた」

「その神の使いとは、人の姿をしていたのでしょうか。それとも、何か別の……」

「拙僧もそのことをお尋ねしたが、答えてはいただけなんだ。ただ、その姿を絵師に描かせるから完成まで待て、とおっしゃる。ゆえに、めずらしい姿をしたものだろうと思われるが……」

「まさか、鵺ではございませんよね」

竜晴は念のために訊いた。

「いや、それはあるまい」

と、天海はおもむろに首を横に振る。

「鵺の姿については、拙僧から上さまのお耳に入れてある。万一にも鵺を御覧になったのであれば、拙僧に話してくださったはずだ」

揺るぎない口ぶりで言う天海の言葉を、竜晴も信じた。確かに、鵺の絵を描かせようとは将軍とて思うまい。

「お気になさるのは無理もないが、拙僧は獅子の絵が出来上がってくるのではないかと思うておりますぞ」

と、天海は深刻さを消した声で告げた。

「なるほど、獅子の絵ですか」

獅子王を象徴する獅子の絵ということは、確かにありそうだ。あるいは、付喪神である獅子王の姿——銀の毛色の犬かもしれない。いずれにしても、将軍が獅子王の夢を見たのであれば、獅子王が鵺を退けた力の余波が将軍に働きかけたということだろう。

そういうことが起こり得るのか、獅子王にも確かめておこうと、竜晴は心に留めた。

「公方さまのお加減が改善したのはまことに喜ばしいことですが、それと時を同じくして、江戸の町に妙なことが起きたのはご存じでございましょうか」

竜晴が話を変えると、天海は深々とうなずいた。その表情から安堵《あんど》と明るさは消え、顔つきは厳しいものとなっていた。

「江戸湾の蜃気楼のことでござろう」

「さようです。大僧正さまは御覧になりましたか」

「いや、拙僧は見ておらぬ。話を聞いただけだが、あり得ないほど高い楼が二つ見えたそうな」

「その際、『薬師四郎さまのお力だ』と叫んだ者がいて、人々が騒ぎ出した話はお耳に入っておられますか」

竜晴が伝えると、天海の表情はさらに厳しくなる。

「大騒ぎになった話は聞いているが、そのきっかけまでは聞いておらなんだ。さようか……。あれを薬師四郎の力によるものだと、言う者がおったのか」

「もちろん、蜃気楼の原因は分かりません。蜃気楼それ自体は自然に生まれるものですし、術が行使されたと決めつけることもできませぬ。ただ、めずらしい蜃気楼と薬師四郎を重ね合わせ、人々が大騒ぎをしたことそれ自体が、問題かと」

「確かに、それだけ薬師四郎の力を信奉する者が多いという証であろうな」

天海は難しい顔で呟いた。町奉行の役人たちはその後も薬師四郎たちの行方を追っているそうだが、手掛かりはないままだという。

「上さまのお加減がよくなった今こそ、いよいよ薬師四郎の件に取り掛からねばなるまい」

天海は自らを鼓舞するように言った。

「天草四郎の方はどうなっておりますか」

竜晴が尋ねると、天海は渋い表情を浮かべた。

「そちらはあまりくわしく聞いておらぬ。ご老中《ろうじゅう》たちが討伐軍を送ると話していたそうだが、決定したかどうかも知り申さぬ」

「天草四郎本人について、何かご存じではありませんか。姿かたちの特徴や、不思議な力を発揮したなどという話をお聞きになったことは……」

「それならば、非常に美しい少年であると聞いた。また、眉唾かもしれぬが、盲《めし》いた者の目に触れると、目が開《あ》いたとか、海の上を歩いたなどという話もあるようだが……」

そのあたりは非常に怪しい話として、幕閣の者たちも信じていないそうだ。

「天草四郎はともかく、薬師四郎は江戸の脅威であるゆえ、拙僧も自ら関わるつもりぞ。これからも賀茂殿にはよろしくお頼み申したい」

「もちろんです。まずは、薬師四郎と鵺との関わりを突き止めねばなりません。そのためには、獅子王の力を借りるのがよいと存じますので、今後もかの付喪神とは手を携えていくつもりです」

「うむ。賀茂殿はかの付喪神の信頼を取り付けたのでござろう。拙僧も機会さえあれば、そこなる小烏丸や抜丸と同様、獅子王とも縁を結びたいもの」

天海が、竜晴の後ろにおとなしく座っていた二柱の付喪神に目を向けて言った。

「傲慢極まりない付喪神ですけれどね」

抜丸がつけつけと言う。

「まったくだ。名前が立派だからといって、威張りかえっておる」

小烏丸も刺々《とげとげ》しい声で言った。

「さようなのか」

天海が困惑した眼差しで竜晴に問うてきた。

「まあ、それはご自身の目で確かめられるのがよろしいか、と。いずれ機会もあると思いますので」

竜晴は柔らかな口調でそう言うにとどめた。それから、

「ところで、大僧正さまに一つお願いしたきことがあるのですが」

と、居住まいを正して申し出た。

「おお、拙僧にできることであれば、何なりとお引き受けしよう」

天海は力のこもった声で言う。そこで、竜晴は一つの願いごとを天海の耳に入れた。天海は真剣な表情でそれを聞き、「しかと承った」と答える。

そうしてひとまずの話が済むと、竜晴は帰路に就いた。

「竜晴さま、このまま医者先生のお宅へ向かわれるのですか」

寛永寺を出たところで、人目のない折を見計らい、抜丸が尋ねてきた。

「ふむ」

竜晴は少し考え込んだが、

「いや、いったん社へ帰ってから出直すことにしよう」

と、答えた。

「それはどうしてだ。竜晴はもともと医者先生の家へ行くつもりで、出かけたのであろうに」

小烏丸が続けて問う。

「うむ。だが、留守中に客があったようだ。それも思いがけず二名が鉢合わせし、玉水が困り果てている。何かしでかされても厄介だから、まずはそちらの客たちをさばくことにしよう」

と、竜晴は答えた。

「もしや、獅子王の奴でしょうか」

不機嫌そうに問う抜丸に、竜晴は「うむ」と短く答えた。

「もう一名はおいちか、アサマか」

「おいちならば、うまく獅子王の相手をしてくれただろう。アサマは初対面ゆえ、いろいろと面倒なようだ」

「なるほど」

と、小烏丸が納得した。

「玉水がもう少ししっかりしていれば、竜晴さまを煩わせることもないのでしょうがね」

抜丸は不機嫌さの矛先を玉水に向けたが、「そう言うな」と竜晴はなだめた。

「気狐は付喪神のように成長が早くはなさそうだ。まだ子供なのだと分かってやれ」

「お前は心が狭くていかん。玉水もあれはあれでよくやっている」

小烏丸が玉水を庇うように言った。抜丸はふんと鼻を鳴らしたが、玉水の面倒をよく見ているのはむしろ抜丸で、何のかのと言ってもかわいがっているのである。

やがて、目の前に人影が見えたため、一同は言葉を交わすのをやめ、小烏神社への道を急いだ。

三

竜晴が途中で気配を察したように、小烏神社では玉水が二柱の客を迎え、てんてこ舞いであった。

しかも、鷹の姿をしたアサマと、犬の形をした獅子王が向かい合い、互いを挑発し合っているようだ。

「ほほう。おぬし、源氏の太刀であることを誇っておると申したか」

「さよう。俺さまは帝より源氏に賜った太刀。平家より源氏が上、という証そのものである」

「何を言う。おぬしの主人である源頼政めはあろうことか、平家に反逆し、まともに戦うこともできずに死んでいったではないか。それで、よくぞ平家御一門より立場が上と言えたものだ」

「まったく、そちらは今でこそ名乗る名を持つようだが、元は無銘の弓矢であろう。王の名をいただく俺さまと対等に口を利くことこそ、おそれ多いと知れ」

竜晴たちが到着したのは、まさに二柱の敵意が高まってきた時であった。

「おお、宮司殿に小烏丸殿、抜丸殿。この清浄なるお社に源氏側の付喪神を立ち入らせるとは、いかなる存念であろう。もしや、こやつめの正体をご存じなかったのではあるまいか」

いつもの落ち着いた態度はどこへやら、アサマが慌ただしく竜晴のそばまで飛んできて、その目の前に舞い降りるなり、やかましく鳴いた。

「んん？　アサマよ。おぬしは何ゆえそうも昂奮しておる」

小烏丸がアサマに問いかけた。

「どうもこうもない。小烏丸殿は記憶を失くしたとはいえ、平家御一門の刀であろう。抜丸殿とてそのはず。それがしもまた、今では伊勢とお名乗りなさる平家のご子孫の持ち物である。源氏の付喪神などと親しくなさるべきではない」

アサマはまくし立てた。

「別に親しくなどしていない。そやつの傲慢な態度は胡散臭いと思っていた。しかし、平家の源氏の、とはあまり気にしていなかったな。そもそも、私は平家御一門の後は、まぎれもない源氏の足利《あしかが》家に伝えられたのであるし……」

抜丸が自らの素性を口にすると、さすがにアサマはきまり悪そうに口をつぐんだ。獅子王を源氏の太刀と見下すことは、抜丸の顔をもつぶすことになる。

「まあ、アサマよ」

竜晴は付喪神たちの中に割って入った。

「おぬしが今の持ち主である伊勢殿に忠誠を尽くす気持ちは分かる。しかし、その伊勢殿ご自身とて、平家の源氏のとはもはや考えておられまい。獅子王は昔からずっと源氏の血筋に伝えられてきたゆえ、その忠節心も並々ではないのだろうが、今では伊勢家も土岐家も等しく徳川にお仕えする旗本であろう。ゆえに、そう敵対することなく、互いに馴染《なじ》んでいくのがよいと思うが……」

「むむ、宮司殿がそこまでおっしゃるのであれば……」

と、アサマはぐっとこらえるように言い出した。

「獅子王殿、おぬしはどうかな」

竜晴は獅子王に目を向けて問うた。

「我輩にも異存はない」

獅子王は、アサマと話していた時よりはずいぶんと落ち着いた様子で言う。

「それに、アサマとやら、おぬしの主人は旗本であったのか」

獅子王は続けてアサマに目を向けて問うた。

「さようだ」

アサマは胸を張って答える。

「ならば、今の我が主と同じだ。おぬしと我輩の間に上下はない。我輩の考えはこうだが、おぬしはどうか」

「うむ。そういうことなら受け容れよう」

いずれも誇り高い付喪神たちは、互いを認め合ったようである。

こうしてその場が落ち着くと、「宮司さまが帰ってきてくださってよかったあ」と涙ぐむ玉水と共に、一同は部屋へと上がった。

「さて、アサマよ。久しぶりだが、伊勢殿にはその後、お変わりないだろうか」

竜晴はまずアサマに訊いた。アサマの主人の伊勢貞衡は長く悪夢に苦しみ、その果てには枕返しに祟られるという害を被ったのである。その主人の具合が心配だったらしく、アサマはしばらくの間、小鳥神社に遊びに来ることも控えていた。

「我が主は出仕も滞りなく勤めておられるし、少しばかりの間はお顔色が思わしくなかったが、今はすっかりお元気になられた」

その節はお世話になったと、アサマは竜晴に恭しく頭を下げた。

「念のために訊きたいが、昨日江戸湾に出た蜃気楼を伊勢殿は御覧になられたか」

「その話は屋敷に仕えている侍たちが申していたので、それがしも耳にした。しかし、我が主は御覧になっていないとおっしゃっていた」

アサマから聞くべきことを聞いてしまうと、竜晴は獅子王に目を向けた。

「では、獅子王殿にはこちらから訊きたいこともあるが、まずはそちらの用件から伺いたい」

「かたじけない、宮司殿」

獅子王は堂々たる態度で応じると、語り出した。

「千代田の城の門内に忍び込んだ折のことを話そうと、参った次第」

竜晴はうなずき、それがいつのことかと問うた。獅子王は昨日の夕べのことだという。

「鵺の鳴き声が聞こえるのは夕方以降と思うたゆえ、それより少し前に忍び込んだ。そして、すぐに分かった。あの城の門内に鵺が潜んでいるということが――」

「何と、すぐに分かったのか」

「うむ。我輩は鵺から世を守るための刀ゆえな。鵺の気配を察する力は備わっているのだが、さすがに城の中に潜んでいるものを、外からうかがい知ることはできなかった。奴は町中にいるとばかり思うていたのでな。これも、宮司殿の知遇を得たゆえ知り得たこと。感謝申し上げる」

獅子王が頭《こうべ》を垂れると、

「まったくだ。竜晴さまのお力に他ならない」

「初めからそういう態度でおれば、よいのだ」

と、抜丸と小烏丸が口々に言う。

「何ゆえ、おぬしらが偉そうにしているのだ」

まったく理解できない様子で、獅子王が首をかしげるのに対し、竜晴は「気にするな」と言い、話の先を促した。

「鵺が城内にいると突き止めたとはいえ、我輩とて本体がなければ、奴を切り刻むことはできぬ。とはいえ、この身でも城内から追い払うことはできるゆえ、まずは奴の居所を探ることにした。幸い、この身は鼻が異様に利くのでな。造作もないことであった」

鵺は将軍のいる本丸近くの森の中に潜んでいたそうだ。

「鵺の鳴き声を聞いたか」

「いや、それがまったく鳴いていなかった。確か、将軍だけがその声に悩まされるも、周りの者は聞こえぬということであったと思うが」

「その通りだ。それゆえ、公方さまが悪夢を御覧になっているのではないかと思ったが、実際に城内に鵺が潜んでいたのであれば、夢ではなかったということだろう」

「そうとは限らぬ。実は、その後、我輩はすぐに鵺の前に躍り出た。猿の顔に狸の胴、不気味な姿は在《あ》りし日のままであった。されど、一つだけ違っていることがあったのだ。鵺の口もとは草の蔓《つる》のようなもので縫い付けられていた」

「縫い付けられていた、だと？」

「さよう。不気味さはかつてより増していた。どうやったのかはしれぬが、あれでは口を開けられまい。よって、今の鵺は鳴き声を上げることができなくなっていたのだ」

「それは、遠い昔、誰かによって施された呪詛《じゅそ》なのか」

竜晴が尋ねると、獅子王は記憶をたどるように沈黙した後、

「はて。我輩はそのような話は聞いたことがござらぬ」

と、首を横に振った。

「そのあたりは、他の付喪神殿にも伺いたいところだが」

と続けられた獅子王の言葉に、抜丸とアサマも記憶をたどったようだが、二柱とも聞いたことはないと言う。

「いずれにしても、鵺は鳴かなかった。それまでも鳴いてはいなかったろう。ゆえに、将軍が聞いた鳴き声は幻聴か悪夢であろうが、鵺のしわざには違いない。鵺めは我輩の姿を見るや、敵意を剝き出しにしてきおったが、何の、我輩に勝てるはずがない。我輩が奴の喉元に跳びかかってやったら、奴め、悲鳴を上げることもできずに逃げ出しおった」

獅子王は誇らしげに言う。

結局、獅子王はそのまま鵺を追い立て、城の門内から外へ追い出したそうだ。人には見られなかったのかと問うと、日没前だったため、幾人かの目には留まったは

ずだという。

「ただし、人間どもの目には我輩だけが映っていたようだ。鵺の姿は見えていなかったと思われる」

「おぬしは城内の侍たちから追い立てられなかったのか」

「いや、さすがに吠え立てていたので、何事かと妙な目を向けられた。やがては、侍たちが我輩をつかまえようと追ってきたが、そこは人間どもにつかまるような我輩ではない」

獅子王は鵺を城外へ追い払った上、自らも侍たちの追手《おって》をかわし、城の外へ逃げ延びたらしい。ただし、城の外へ出てからは鵺を見失ってしまったそうだ。

「城外は人が多くてな。我輩の行く手を遮る人間どものせいで、見失ってしもうた」

残念そうに獅子王は言う。

「追いかけたところで、おぬしの本体がなければ、鵺を完全に仕留められないのであろう。ならば、千代田の城から追い払ってくれただけで、よしとするべきだ。おぬしのお蔭で公方さまは昨日、鵺の鳴き声に苦しめられることなく安眠できたそうだ」

竜晴は天海から聞いたことを伝えると、「それはよかった」と獅子王も満足そうであった。将軍が吉夢を見たと話していることについては、自分から働きかけたわけではないとしつつも、その夢に出てきたのは十中八九、鵺を追い払った自分に違いないと、自信たっぷりに言う。

「しかし、その後、妙なものを見た」

と、獅子王は続けた。

「もしや、それは江戸湾に出たという蜃気楼か」

「さよう。あの蜃気楼もまた鵺のしわざである」

獅子王にはそれが分かったと言う。

「鵺に蜃気楼を出す力があるということか」

竜晴が問うと、「いや、奴にそんな力はない」と獅子王はすぐに答えた。

「ただし、それは我輩が知る昔の鵺だ。奴が退治され、切り刻まれ、うつほ舟で流されてからの何百年という間に、いかなる力を手に入れて復活を遂げたのかまでは、我輩にも分からぬ」

「つまり、この何百年の間に、鵺はそれまでにない力を身につけたと?」

「うむ。宮司殿は前に薬師四郎とやらいう人間が鵺そのものか、鵺の傀儡ではないかとおっしゃっていたな。それならば、鵺には人に化ける力か、人を操る力があることになる。だが、昔の鵺にさような力はなかった。蜃気楼を出す力も同じだ」

「そういえば、我が主に祟った木霊は、鵺に操られたと申していたはずだ」

アサマが思い出したように口を挟んだ。

「うむ。そうなると、鵺は妖を操れることになる。人を操る力を持っていたとしても不思議ではないし、場合によっては……」

竜晴はそこでいったん考え込むように口を閉ざし、ややあってから、獅子王に向き直った。

「蜃気楼のことだが、もともと蜃気楼は蜃が吐き出した息だと書物で読んだことがある。蜃とは大蛤《おおはまぐり》とも蛟竜《こうりゅう》とも言われるが、いずれにしても水中に住む生き物のはずだ」

「うむ。我輩も蜃そのものを見たことはないが、水中に暮らす生き物ならば、鵺と接触した恐れがある。鵺は一度、うつほ舟に乗せられ、暗い水底に沈められたのだからな」

　獅子王は厳粛な表情で告げた。

「つまり、暗い水底で鵺と蜃は出会い、鵺が蜃を従えたか、互いに手を組んだか。いずれにせよ、鵺は何らかの形で、蜃の力を行使できるようになったのだろう」

　さらに、薬師四郎が四谷の洞穴にいたことにも納得がいく。あの四谷の洞穴にはもともと大法螺貝が住み着いていたのだ。法螺抜けの後、そこに蜃が住み着いたとしても不思議ではない。

　また、薬師四郎を追って、洞穴の中へ入った泰山は、中が温かく湿っぽかったと言っていた。それも、あそこに蜃がいたのであればうなずける。

　薬師四郎と仲間たちが洞穴を出ていって以来、あちらには蛇の式神《しきがみ》を見張りに置いていたが、今のところ彼らが帰ってきた気配はない。蜃の気配も今は感じ取れないが、あの洞穴はもう少し念入りに調べる必要がありそうだ。

「宮司殿よ」

　黙り込んだ竜晴に、獅子王が気がかりそうな眼差しを向けつつ呼びかけてきた。

「ああ、何であろうか」

「蜃が貝や蛟《みずち》の仲間であれば、蜃気楼を作る息は口から吐くのであろうな？」

「無論、そうであろう」

と、うなずいた竜晴は、すぐに「そうか」と獅子王の言わんとすることに気づいた。

「おぬしは、鵺が口もとを縫っていたことと、蜃気楼に関わりを見出したのだな」

獅子王はおもむろにうなずく。

「どういうことだ、竜晴よ」

小烏丸がすぐに訊いた。

「ふむ。仮に、鵺が蜃の力を行使できるとしてみよう。もともと備わっていた力でないため、うまく行使できないこともあり得る。たとえば、口を開けば意に反して蜃気楼が出てしまうとか、しゃべることで蜃気楼を出せなくなるとか、だな。しかし、鵺は自分の思い通りの時と場所を狙って、蜃気楼を出さねばならなかった。だから、その時に失敗しないよう、口もとを縫い付けていたという推測が成り立つ」

「何と、誰かに施された呪力ではなく、自らそうしていたということか」

小烏丸が鵺の執念に恐れをなした様子で呟いた。

「そうなると、私の見た薬師四郎が口もとを隠していたことや、口をまったく利かなかったことも、この蜃気楼のためだったことになるな」

「つまり、薬師四郎は鵺そのものと考えてよい、ということでございますね」

抜丸が確かめるように問う。

「うむ。それで、ほぼ間違いなかろう」

と、竜晴はうなずき返した。

「宮司殿よ。あの蜃気楼が何の狙いもなく現れたとは考えられない。この後、鵺の奴めが何を引き起こすつもりか分からぬ。いっそうの用心が要《い》るであろう」

いつしか獅子王の毛は逆立っていた。これから訪れる鵺との決戦の時を思い、自らを奮い立たせているかと思われた。

「うむ。鵺退治には獅子王殿の力が必ず求められる。だが、我々もまた共に戦う。かつて源頼政公が使ったという弓矢は今の世に伝わっていないが、アサマは弓矢の付喪神だ。天海大僧正さまもおられる。決して自分だけで戦おうなどとは思わないでほしい」

竜晴の言葉をしっかりと聞き、獅子王は前足を折ると頭を下げた。

「かたじけない。鵺を倒すため、宮司殿たちと共に戦わせてもらう」

獅子王の毛はもう逆立ってはいなかった。他の付喪神たち三柱が顔を見合わせ、満足そうにうなずき合っている。

その時、獅子王の頭にすっと手が伸びた。玉水がおいちにそうしていたのと同じように、獅子王の頭をよしよしと撫で始めたのだ。

誇り高い付喪神に何という真似《まね》をするのだと、他の三柱が非難のこもった眼差しを玉水に向ける。

獅子王もまた嫌そうな目の色を浮かべはしたものの、この時は玉水を責める言葉は吐かず、おとなしくされるがままになっていたのであった。

六章　口無しにして

一

同じ日、旅籠の大和屋では困った事態が起こっていた。

一部の客が夕方近くから急に眠くなったと言い出し、床《とこ》に入り始めたのである。

その頃、外からやって来た客たちも、とにかく眠くてたまらないからすぐに布団を敷いてくれ、と言う。ひどくなると、半分眠ったような状態で宿に入ってくるなり、帳場で眠り込んでしまう者さえいた。いったん横になると、耳もとでどれだけ大きな声で呼びかけても目覚めることはない。

一方、起きている客たちの中にも、困った連中がいた。

それまでおとなしかった人が荒っぽくなり、ささいなことで宿の奉公人に食ってかかったり、客同士で罵り合ったりし始めたのだ。果てはつかみ合いの喧嘩《けんか》まで始まり、ふだんの旅籠であれば考えられないような大騒ぎになってきた。

初めは、客から付けられた文句に謝罪し、喧嘩の仲裁に入っていた宿の奉公人たちも、そのうち対処し切れなくなってくる。

騒いでいる人の中には、自分でもおかしいと感じつつ、「湧き上がる怒りや苛立《いらだ》ちをどうしても静められない」と言う者もいた。さらには、「気を静める薬がほしい」と訴える人も出てきた。

大和屋では不眠を訴える客のため、三河屋から梔子の実を仕入れていたので、それを煎じて飲ませたものの、さしたる効果は望めなかった。それでも、もっと欲しいと客から訴えられ、大和屋の主人朔右衛門《さくえもん》は息子の大輔に、三河屋で梔子の実を分けてもらってくるよう命じた。

「もし三河屋さんが売ってくれなかったらどうするのさ」

大輔は不安になって尋ねた。もともと気を静める薬は、不眠と悪夢に悩まされる人々からの求めが多く、不足していると聞く。

「その時は仕方ないから帰っておいで。いや、念のため泰山先生を呼んできてくれ。あの先生なら、ここのお客さんたちによい処方を施してくださるかもしれない」

　騒いでいる人たちもそうだが、夕方から深い眠りに就いてしまった客たちのことも気にかかるからと、朔右衛門は付け加えた。

「でも、昼間に一度、泰山先生の家へは行ってみたんだよ。昨日の夕方から姿を見せないって、竜晴さまが心配していたからさ。けど、鍵はかかっていたし、留守みたいで」

「それは、いつものように往診に出ておられただけだろう。夕方には帰っていらっしゃるのではないか」

「けど、往診に出ているなら、竜晴さまんとこに寄ったと思うんだよね。忙しかったのかもしれないけど、今まではいつもそうしていたんだしさ」

　大輔は父に不安を訴えたが、昨夕と今朝、泰山が小烏神社に立ち寄らなかったことなど、大したことではないと、朔右衛門は思うようであった。

　もちろん、泰山のことは大輔自身も気になっていたから、もう一度、家へ様子を見に行くことは願ってもないことである。

「それなら、私も大輔と一緒に行くわ」

そばにいた花枝が言ったが、朔右衛門は「ならぬ」と厳しい声で言った。

「花枝は住まいの方へ戻り、家の中から出るな。うちの旅籠で起きているのと同じことが、外で起きているかもしれない。女のお前が外を出歩いてはならぬ」

「でも、大輔一人じゃ……」

花枝は心配そうに言ったが、大輔には手代《てだい》を付けると朔右衛門は言い、それ以上の訴えはいっさい受け付けなかった。こうなると、花枝も父に従うしかない。

「あんた、大丈夫？」

花枝は心配してくれたが、年は幼くとも男のお前が行け、と父に言われた事情は理解できる。

今、大和屋で起きている騒ぎが外でも起きているなら恐ろしいし、そんなところへ女の花枝を連れ出すわけにはいかない。

「大丈夫に決まってるだろ。三河屋さんと泰山先生の家に行くだけだし、付き添いだって付けてもらえるんだしさ」

本当は姉が一緒の方がいいに決まっているが、その気持ちを押し殺して大輔は答えた。

そして、花枝が自宅へ戻っていくのを見届けてから、大輔は体格のよい茂助《もすけ》という手代と共に出発した。先に三河屋へ行き、そこから泰山の家へ回ることにしたが、外は恐れていた通り異様であった。

さすがに道端で眠り込んでいる者はいないが、ぼんやりと眠そうな顔をした者は何人も見受けられる。まるで目を開けながら夢でも見ているような様子であった。

さらに、あちこちから怒鳴り声が聞こえてくる。往来だけではなく、家や店の中からも泣き叫ぶ声や罵り合う声が漏れてくるのだ。

なるたけ関わらないよう、怒鳴り合う人々を避けながら進み、何とか三河屋へ到着した時、大輔は思わずふうっと息を吐いた。店の中で大きな声を上げている者はおらず、静かである。

「ああ、大和屋の坊ちゃん」

と、番頭がすぐに声をかけてきてくれた。

「実は、うちのお客さんが騒ぎ出しちゃって」

大輔は大和屋の一部の客のおかしな行動について説明した。

「ああ、外からも騒がしい声が聞こえるんで、気になってはいたんだがね。旅籠のお客たちも、そんなふうだとは……」

「お客さんたちが気を静める薬をほしいとおっしゃるんだ。前に譲ってもらった梔子はもう使っちまって。もう少しお分けしてもらえないかと――」

大輔の頼みに、番頭は溜息を吐いた。

「申し訳ないんだけれどね。梔子は小売商や医者の先生方にぜんぶ売ってしまった。とにかく少しでもたくさんくれと、皆さん、おっしゃるのでね」

「そうでしたか」

薬種問屋の三河屋は、患者が直に買い物をする店ではないから仕方がない。

「泰山先生なら梔子を分けてくれるかな」

「はて。泰山先生にももちろんお売りしているけれど、入用な患者さんが今は多いからね。もう使ってしまわれたかもしれない」

それでも、泰山より他に治療や薬のことで頼れる者はいなかった。

「ところで、小烏神社の竜晴さまが、泰山先生に神社へ来てほしいって言ってたんだけど、泰山先生が最後にこちらへ来たのはいつですか」

念のため、大輔が尋ねると、番頭は「三日前になるかねえ」と記憶をたどりながら答えた。

「坊ちゃんと一緒で、気を静める薬をお求めになっておられた。生憎、大棗《たいそう》も山梔子《さんしし》も切らしていたから、お渡しできなかったんだけれど」

有益な話を聞くことはできないまま、大輔は三河屋をあとにするしかなかった。

その足で、荒っぽい言葉が飛び交う通りを注意しながら進み、泰山の家へと向かう。

「泰山先生、帰っているといいんだけど……」

呟きながら、昼間にも訪れた泰山の家の戸口に立つ。

「泰山先生、俺だよ。大和屋の大輔です。帰ってたら戸を開けてください」

大輔は戸を叩きながら、声を張り上げた。中からの返事はない。念のため、戸が開かないかと動かしてみたが、昼間と同じようにびくともしなかった。

家が旅籠の大輔からすれば、出かける時に錠《じょう》を鎖《さ》すのは特別なことに思える。さして盗まれそうなものを持っているとも思えぬ泰山が錠を鎖すのが不思議で、前に理由を訊いたことがあった。

――うちには薬がたくさんあるからな。盗まれるのがどうこうというより、知らない人がうっかり口に入れたりすると困るものもある。だから、念のため錠をつけているんだよ。

そんなことを泰山は言っていた。泰山と同じく医者であった父の代からの習いらしい。

「やっぱり泰山先生、帰ってないのか」

大輔は力なく呟いた。

これだけ大声を出しても反応がないのは、留守だからだろう。だが、その時、大輔の脳裡《のうり》に大和屋で眠り込んでしまった客たちのことが思い浮かんだ。町で見かけた離魂病《りこんびょう》（夢遊病）のような人々の姿も思い出された。

もし泰山があの人々と同じ状態だったなら、家の中で眠りこけ、大輔の声に気づいていないこともあり得るのではないか。

（けど、確かめる術もないし……）

ここはあきらめて帰るしかないだろうか。とはいえ、薬もない、泰山にも会えなかったでは、ただの無駄足である。それに、このままでは、旅籠で騒いでいる客たちはどうなってしまうのだろう。あれで夜になったら、ちゃんと眠ってくれるのだろうか。万一、ずっと騒ぎ続けていたとしたら、今はまともな他の客たちとて眠りに就けず、文句を言い出すかもしれない。そんなことになったら――。

　大輔がそれまで以上の不安に胸をつかまれた時、

「坊ちゃん」

と、付き添いの茂助が後ろから声をかけてきた。振り返ると、茂助の他にもう一つの人影があった。

「竜晴さま！」

　大輔は救われた思いで声を上げた。

「泰山先生のことが心配で、竜晴さまも様子を見に来たんだね」

「ふむ」

　竜晴はいつも通りの落ち着きぶりで、大輔の前までやって来た。

「大輔殿は昼間も寄ったのだろう？　再びここへ来たということは、昼間は会えなかったのか」

「うん。でも、今は泰山先生に助けてほしくてやって来たんだ。昼間は出かけていても、今は帰ってるんじゃないかと思ってさ」

大輔は大和屋に宿泊している客たちの異常な様子について、竜晴に語った。

「なるほど。ここへ来るまでにも、騒ぎ立てている人や離魂病のような人は目にしたが、同じ症状が旅籠の客たちにも出ているわけだな」

「うん、宿のお客さんは騒ぐか寝込むか、どっちかだけど」

「ふうむ。ところで、泰山の家の中には声をかけてみたのか」

竜晴は泰山の家の戸に目を向け、尋ねてくる。

「うん。でも、錠が鎖してあるし、返事はなかった。だから、留守なのかもしれないけど、もしかしたら中で眠りこけているってことはないかな」

大輔の言葉に、竜晴は「では、確かめてみよう」と言い出した。それから玄関の戸に向かって立つと、右手で印を結ぶ。人差し指と中指を立てて軽く握った印の形は、大輔も見覚えのあるものだ。

竜晴はしばらくの間、何かを探る様子で目を閉じていたが、ややあってから、

「泰山はこの家の中にはいないようだ」

と、目を開けて静かに告げた。

「そ、そっか」

泰山に頼れないのは残念だが、家の中で眠りこけているわけではないと分かり、大輔は少しほっとした。

「それなら、泰山先生は今も外で患者さんを治療しているんだよね。きっとすごく忙しくて、家へ帰るのが遅くなっているだけだよね」

「ふむ。そうとも考えられるが……」

竜晴はそれ以上はっきりしたことは言わなかった。だが、

「泰山の代わりにはならないが、ひとまず私が大和屋さんへ伺おう。どうも、今の人々の様子はふつうの病とは見えぬからな」

と、続けた。

「あ、ありがとう。竜晴さま」

大輔は縋り付きたいほどの気持ちで、礼を言った。竜晴さえ来てくれれば一安心だ。大勢の人を一気に元に戻すのは無理でも、竜晴ならば何とかしてくれる。

その気持ちには一片の疑念もない。

先ほどまでとは打って変わった大きな安心感に包まれて、大輔は家路に就いたのであった。

二

大輔が茂助を連れて出かけてからも、大和屋の客たちの様子はあまり変わらなかった。喧嘩はあちこちで始まっていたが、原因が除《のぞ》かれれば静かになる類ではないので、介入すればするほど店の者は疲労を覚えるだけだ。

朔右衛門は、見るに見かねる殴り合いなどが始まりでもしない限り、取りあえず傍観することにした。

眠り込む者、騒ぎ出す者はそれぞれ少なからずいたが、どちらでもない客もいる。部屋の中に閉じこもったところで騒がしさから逃れられるわけでもなく、彼らもまた、朔右衛門たちがいる帳場の辺りに出てきて、できるだけ騒ぎに巻き込まれまいとしていた。

「皆さん、いったい、どうしてしまったというんでしょう」

朔右衛門がつい独り言を漏らすと、

「まったくですな」

と、応じた客がいた。四十路《よそじ》ほどの行商の男であった。

「あの方たちから何か聞いておられませんか」

朔右衛門が尋ねると、「はてさて」と行商の男は首をかしげた。

「少しは言葉を交わした人もいますが、その時とは様子が違っているとしか言いようが……」

そう答えた男は、やがてふと思い出したように口を開いた。

「そういえば、あちらのお年寄りと縞《しま》の小袖を着たお若い人、どちらも昨日、蜃気楼を見たと言って、騒いでおられましたね」

「蜃気楼を御覧になって……」

その件の二人は、今、何かで揉めているらしく、声高《こわだか》に言い争っていた。

「その時から、仲が悪かったのでしょうか」

「いえいえ。昨日は蜃気楼があだこうだと、熱心に話し合っていらっしゃいましたよ」

その話をきっかけに、朔右衛門はその場にいる人々に蜃気楼を見たかと尋ねてみた。すると、誰も見ていないと言う。大和屋の奉公人たちも朔右衛門自身も、蜃気楼を見てはいなかった。

逆に、今、騒いでいる人々は、蜃気楼を見たと話していたらしい。ついでに眠り込んでいる客についても訊いて回ると、どうやら彼らもまた、蜃気楼を見た側の者らしいと分かった。

「蜃気楼を見た人たちの様子が妙だ、ということかもしれませんな」

それならば、眠り込んでいる人と騒いでいる人の間には、どんな違いがあるのだろう。皆が頭をひねってみたが、答えを出せる者はいなかった。眠り込んでいる当人に話を聞けないのは言うまでもないが、すっかり荒っぽくなった人々に訊くのも勇気がいる。余計な争いごとを増やしかねないので、様子をうかがいながら折を見て――と思っていたら、やがて騒いでいた人々の様子が一変した。

急に黙り込み、きょろきょろと辺りを見回し始めたので、

「どうかなさいましたか」

と、朔右衛門は尋ねた。

「あんた、ここの旦那さんだよね。あの声が聞こえないのかい？」

騒いでいた客の男が何かに脅えているような眼差しで言う。

朔右衛門は耳を澄ました。先ほどまでの大騒ぎが嘘のように静まり返り、あまりの変化に戸惑いは覚えたものの、これという声は何も聞こえなかった。

「私には聞こえませんが」

素直にそう答えると、

「そんなはずがあるかっ！」

と、相手の客は急に怒り出した。そんなことを言われても聞こえないものは聞こえない。

「こんなにはっきり鳴いているじゃないか」

「ヒョオー、ヒョオーと、何という気味悪い鳴き声なんだ」

「この宿では、妙な鳥でも飼っているのか」

いったん静かになった客たちが再び騒ぎ出した。しかも、今度は彼らの怒りの矛先がすべてこの大和屋へと向けられている。

どうやら気味の悪い鳥の鳴き声がして、腹立たしいということだが、鳥など飼っていないし、朔右衛門には鳴き声も聞こえなかった。奉公人たちも聞こえないと言って困惑しているし、蜃気楼を見ていない客たちも同じである。

つまり、気味の悪い鳴き声とやらは、騒いでいた客たちの耳にだけ聞こえるらしいのだ。彼らは先ほどに勝る大声で騒ぎ出したが、鳥の鳴き声が自分たちの声に消されることはないらしい。

やがて、耳をふさぐ者も出てきたが、それでも声は聞こえ続けると言って、彼らは怒鳴り散らした。さらには鳥の鳴き声に負けまいと喚き始める者さえ現れ、彼らの怒りと昂奮は高まる一方である。

「だ、旦那さん……」

奉公人たちがついに脅えた声を出した。まずは、まともな客たちをどこかへ避難させるべきだが、いったいどこへ案内すればいいのだろう。常であれば別の宿へ移ってもらうところだが、先ほど様子をうかがったところでは、外も大騒ぎをする人と離魂病と見える人であふれている。

(万事休す——)

朔右衛門の脳裡にその言葉が浮かんだ時、表の戸が開いた。こんな時に新たな客が来たのかと振り返ると、五、六人の男たちの集団である。彼らは皆、山伏《やまぶし》が着るような麻の鈴懸衣《すずかけごろも》を身に着けていた。旅の者かと見えるが、今夜はとうてい新たな客の世話ができる状態ではない。

朔右衛門は番頭に目を向け、首を横に振った。

「お客さま、大変申し訳ございませんが……」

朔右衛門の意を汲《く》み、番頭が新しい客人たちにそう言いかけた時であった。鈴懸衣を着た三十路ほどの男が、

「私どもは、皆さまをお救いしに参りました」

と、突然声を張り上げた。その声は朗々とよく響き、帳場の横、廊下、階段など、あちこちで騒ぎ立てていた客たちがぴたりと静かになる。

「お苦しいでしょう。恐ろしいでしょう。されど、この宿にも先ほどから安らかにお眠りになっている方々がいるはずです。あの方々はどうしてお休みになることができるのか。私どもはその理由を知っています」

男が口を閉ざすや否や、宿泊客たちが再び騒ぎ出した。

「どういうことだ」

「あいつらは特別で、俺たちは違うっていうのか」

「この鳴き声が聞こえなくなる手立てがあるなら教えてくれ！」

宿の中は再び、収拾のつかない騒がしさに包まれたと見えたが、

「お静かに」

鈴懸衣の男が声を放つと、またもや静寂が訪れた。

「安らかに眠っておられる方は、私どもがお配りした札を持っておられるのです。あなた方はその札を持たぬがため、今つらい思いをしておられる。さあ、あなた方も私どもの札を受け取りなさい。苦しみが消え、安らかに眠れることでしょう」

鈴懸衣の男は引き連れていた仲間たちにちらと目を向けた。仲間たちが袂から札と思われるものを取り出すや、宿泊客たちがわっと彼らのもとに群がった。階段を駆け下りてきた者たちは先に受け取った者たちを乱暴に押しのけ、前に出ようとする。

それで再び争いが起きるのではないかと朔右衛門は恐れたが、それはなかった。札を受け取った者たちは、「本当だ。声が収まった」「何とありがたや」とたちまち様子が一変し、札を伏し拝み出したのである。彼らはおとなしく自分の部屋へと去っていき、あれほど騒々しかった宿の中は静かになった。

「金は取らんのかね」

騒いでいなかったまともな客が鈴懸衣の男に尋ねた。

「はい。私どもは人助けに参った者。金品を求めることなどございません。この旅籠の外でも、恐ろしい鳴き声がすると苦しむ方々がおられましたが、皆さま、私どもの札を受け取ると落ち着き、ご自分の家へお帰りになりました」

「私らは、その鳴き声とやらは聞こえないんだが、これから聞こえることもあるのだろうか」

客たちは不安げな表情を浮かべている。

「それについては何とも」

鈴懸衣の男は慎ましい様子で目を伏せ、首を横に振った。

「そのう、用心のため、あんた方のお札を譲ってもらうことはできるんだろうか」

客の一人が恐るおそるという様子で切り出す。

「はい。いっこうにかまいません。札は十分用意してありますので」

男は言い、ふだん通りの客にも札を渡した。すると、一人目の客につられたように、他の客たちも我も我もと札に手を伸ばす。

朔右衛門の心に一瞬、迷いが生じた。

騒いでいた客たちは仕方ないとしても、今まともな客たちのことは止めるべきではないのか。札に心を静める効き目があるのは確かなようだが、蜃気楼との関連も分からない。怪しげなものには手を出さぬ方がよいのではないか。

だが、朔右衛門は結局、客たちの行動を止めることはできなかった。ただ、

「そちらの皆さまはどうなさいますか」

と、男から問われた時、自分と奉公人たちの分は要らないとはっきり断った。奉公人の中にはひそかに欲する者もいたかもしれないが、朔右衛門の意に逆らってまで申し出る者はいない。

「それでは、私どもはこれにて」

欲しいと言う者に札を配り終えると、鈴懸衣の男たちは一礼して踵を返した。これから、町中を回りながらその札を配り歩くのだろう。おそらくはそれで、奇妙な鳴き声に苦しんで騒ぎ立てている者たちはおとなしくなるのだろうが……。

「お待ちください」

朔右衛門は履物を突っかけ、男たちの一団を追いかけた。まだ店の前からいくらも進んでいなかった男たちが足を止め、統率者と見える三十路ほどの男が「どうし

ました」と訊いてくる。

「あなた方は何者なのですか。前に薬師四郎と呼ばれる少年の一団があなた方と同じように、札を配って歩いていたと聞きました。四郎は十二、三歳の少年と聞きますから、あなた方の中に薬師四郎がいないのは分かる。ですが、あなた方は薬師四郎の仲間なのですか」

朔右衛門は思い浮かぶ疑念をそのまま口にした。すると、男はつと人差し指を立て、自らの口に当てた。見れば、他の者たちも皆、同じ動作を行っている。

皆が同じしぐさをしているさまは不気味で、朔右衛門は思わずぞっとなった。

「問えど答えず、口無《くちな》しにして」

男は口に人差し指を立てたまま、そう述べた。すると、他の者たちが同じ言葉を唱和した。

それだけ言うと、男たちはくるりと背を向け、再び歩き出した。もはや問いただそうという気も、追いかけようという気も起こらず、朔右衛門はただその場に立ち尽くし、一団が去るのを見ているしかできなかった。

ややあってから、旅籠の中へ戻ると、番頭をはじめとする奉公人たちが不安と安堵の入り混じった表情を向けてきた。騒いでいた客たちはすでに自分の部屋へ引き取ったようである。また、何ともなかった客たちも騒ぎが静まったのを機に、自分の部屋へ引き揚げたらしく、奉公人たちの他に人はいなかった。

「旦那さん、とんだことでしたな」

番頭が労《ねぎら》うように言葉をかけてきた。

「まったくだ」

朔右衛門は疲れた声で答えた。ひとまずは騒ぎも収まり、奇妙な連中も立ち去った。だが、

――問えど答えず、口無しにして。

あの謎めいた男の言葉を思い出すと、心がささくれ立つ。彼らは何も答えぬと宣言したのだ。

何者なのか、何を意図しているのか、札を配るのは何のためか。何一つ分からぬままであった。

ただ、一つだけ確かなことがある。自分たちのことを何も話さぬ者が善であるはずがない、ということであった。

大輔が竜晴を連れて、大和屋へ帰ってきたのは、それから少しばかり後のことであった。

大輔は昂奮しながら、さっきまで騒がしかった町がこの近くに来たらすっかり静かになっていたとしゃべっていたが、その理由はもう分かっている。大輔たちはどうやら、あの鈴懸衣の男たちとは行き合わせなかったようだ。

しかし、竜晴を伴ってきたことは心強く、朔右衛門は竜晴に大和屋で起きたことをすべて語った。

「札を配り歩く鈴懸衣の男たちですか」

竜晴は呟き、その札を見せてもらえないかと言った。生憎、奉公人たちは誰も受け取っていなかったから、朔右衛門は手代の一人に、客から借りてくるよう指示をする。いったん立ち去った手代は、蜃気楼を見ていなかったまともな客の一人を伴い、帳場へ戻ってきた。続けて、

「先ほど騒いでいたお客さんたちは皆、すっかり寝入っておられました」

と、朔右衛門に報告する。つまり、夕方近くになってから急に眠いと言い出し、

眠り込んでしまった客たちと同じ状態になったらしい。

一方、手代に連れてこられた客は、

「さっきは、札の威力を見せつけられて、ついその気になっちまったんですが」

と、札を受け取ったことを、どことなくきまり悪く思うふうであった。

「どこか具合が悪いのですか」

朔右衛門は身を乗り出すようにして尋ねた。

「いや、悪いというほどじゃありませんが、何だか動悸《どうき》がするというか、落ち着かないというか、そわそわした気分なんですよね。妙なものを受け取っちまったっていう疑心暗鬼かもしれませんが」

客は朔右衛門に薬師如来の像が描かれた札を渡した。朔右衛門はそれをそのまま竜晴に渡す。

「なるほど。これは薬師四郎が配っていたのと同じ札ですね」

と、竜晴は言うなり、いきなり「解」と唱えた。すると、札に描かれていた薬師如来の像がたちまち恐ろしげな獣の絵柄に変わり果てた。

「こ、これは……」

「鵺の絵だよ」

と、大輔が大きな声で言う。

「こんな恐ろしいものを配っていたとは――。これが善意によるものだとはとうてい思えませんが」

「その通りでしょう」

と、竜晴は静かな声で告げた。

「蜃気楼を見ていない者がこの札を持っていても、何も起こらないのかもしれません。けれど、蜃気楼が再び現れないとも限りませんし、万一に備えておいた方がよいでしょう。この鵺の札を見せて、お客さんたちを納得させ、札を回収してもらえませんか」

竜晴の言葉に、朔右衛門は一も二もなく賛同した。手代たちに命じて、蜃気楼を見ていない客たちから札を集め、納得しかねる客は竜晴の前に連れてこさせた。竜晴の術によって、札の絵が鵺に変わるさまを直に見せられた客たちはたちまち顔を蒼くし、安易に札を受け取ったことを恥じ入るふうである。

こうして、蜃気楼を見ていない客たちからは札を回収したが、寝入っている客た

ちについては、

「とりあえず、そのまま様子を見るしかないでしょう」

と、竜晴は言った。

「今のお話からすると、札を持っていて蜃気楼を見た人は夕方近くから眠りに就き、札を持たずに蜃気楼を見た人は騒いでいたものの、札を受け取ると眠り出した、ということのようです。このことから、札を受け取ることと蜃気楼を見ることが、眠りに就く条件と考えられますが、鈴懸衣の男たちの言葉を鵜呑《うの》みにしてよいかどうかも分かりません。今のところは、札の回収を急がず、様子を見ながら解決策を探っていきましょう」

竜晴は明快な口ぶりで淡々と述べた。

竜晴の言葉は頼もしい。必ず何とかしてくれると信じられるのだが、それでも、眠り込んだ大勢の客たちを抱えた身としては、不安がすっかり消えたわけではない。

「仮にこの先、蜃気楼が出たなどと耳にしても、わざわざ見に行くような真似はなさいませんよう。何かあれば、私が駆けつけますので、すぐに神社まで知らせてください」

竜晴はそれだけ言うと、「今日はこれにて」と話を切り上げた。

「ありがとうございました。この先もよろしくお願いします」

朔右衛門は店の外まで見送り、深々と頭を下げた。何を聞いても動揺などつゆ見せず、淡々と対処する宮司の姿は頼もしい。どうか我々を助けてください、と朔右衛門は胸の中で呟いていた。

三

その晩、大和屋は不気味なくらい静まり返っていた。ふだんなら、夜も更けるまで酒を飲んだり、眠れない者同士で話をしたりという客がいくらかはいるものだが、この夜は多くの者が日暮れまでに床に就いてしまったからである。深く眠り込んだ人々は、その後も起き上がることはなく、夕餉も食べなかった。

蜃気楼を見ておらず、ふだん通りの人々も、この晩は早々に夕餉を食べ、早めに床に就いたようである。

おかげで、朔右衛門も奉公人たちも例の騒ぎ以降は、客たちに悩まされずに過ごすことができた。とはいえ、例の妙な札に何らかの呪詛が施されていたのであれば、客たちの今後のことが心配である。

（明日の朝、目覚めた時、正気に戻っていてくだされはいいが……）

また騒ぎ出すようなことがあれば、すぐにでも竜晴に来てもらわなければならない。そう考えながら、朔右衛門はその晩、落ち着かない夜を過ごした。

そして、翌朝。

旅籠屋では当たり前のことだが、夜も明けきらぬ七つ半（午前五時頃）には起き出し、朔右衛門は旅籠の様子に目を配った。旅籠の外にも出てみたが、この頃には商家の小僧たちが働き始めているはずだが、どことなく表通りはいつもより静かなふうに感じられた。

大和屋では小僧が掃き掃除に精を出していたが、

「いつも、こんなに静かだったかね」

と、朔右衛門が問うと、

「いえ、いつもはもっと人が出ていますが」

と、小僧は手を止めて答えた。この時刻であれば、朝餉の支度をする旅籠や大店《おおだな》を回って、豆腐や魚、青物などを売り歩く棒手振《ぼてふ》りなどがいると言う。

だが、今朝は二人の他、通りに見える人影は、二、三あるばかりであった。

大和屋の客たちが騒いでいた頃、外でも人々が昂奮して騒動があったようだが、彼らもあの鈴懸衣の連中からお札を渡され、おとなしく家へ帰ったのだろう。

例の札で騒ぎが収まったのはありがたいが、いつも通りの朝がやって来なければどうなるのかと、再び不安が心に染《し》みを落とす。

だが、まずは夜明けを待とうと、朔右衛門は気を落ち着かせた。昨日の騒動のせいで、どこの家でも少し寝過ごしているだけかもしれない。

ところが、曙光《しょこう》が地上に射《さ》し込む頃になっても、町はいつもの活気を取り戻さなかった。宿の中はといえば、起き出したのは昨晩何ともなかった客たちだけで、蜃気楼を見た客たちの部屋は静まり返っている。

それでもこらえて四半刻（約三十分）ほど待ってみたが、どの部屋の客も起き出す気配がない。そこで、朔右衛門は女中たちに客を起こしてくるよう命じた。

しかし、客たちの部屋へ入った女中たちは、いずれも困惑した顔で部屋を出てくると、

「いくら声をおかけしても、布団の上から揺さぶっても、お目覚めになりません」と、告げる。朔右衛門は自らも客の部屋へ入り、客に声をかけた。耳もとで「おはようございます」と大きな声を出し、布団をはぎ取り、体を揺さぶってもみたが、駄目だ。といって、息遣いは穏やかだし、苦しそうな様子も見えない。ただ、こんな時刻になっても深い眠りに落ちたままなのである。

一人二人のことであれば、よほど疲れているのだろうで済む話だが、今回は違う。朔右衛門はすぐに旅籠屋の建物から、自分たち一家の住まいの方へ引き返した。

そちらでは、花枝と大輔が朝餉を終えたところであった。二人が蜃気楼を見ていないことは知っていたが、それでもふだんと変わりないのを確かめ、朔右衛門はほっとする。

「お父《とっ》つぁん、宿のお客さんたちはどうなんだい」

大輔がすぐに尋ねてきた。今朝は絶対に花枝のそばから離れるなと言っておいたから、それをきちんと守っていたようだ。

朔右衛門は、昨日妙な具合になっていた客たちは今も眠り込んだままだ、と答えた。

「それじゃあ、竜晴さまにすぐ知らせなくっちゃ」

と、大輔は言った。

「うむ。今日もお前に行ってもらうつもりだ」

「合点《がってん》だ」

大輔は今にも立ち上がりかねない勢いで言う。

「お父つぁん、今日は私も行かせてください」

花枝が横から真剣な眼差しで言った。

「今は朝ですし、うちのお客さんたちが眠り込んでいるなら、外の人たちも同じでしょう。昨日のように、荒っぽい人たちもいないでしょうし、私が外へ出ても大丈夫なはずです」

確かに外の様子が静かなことは、先ほど確かめ済みだ。花枝の理屈は間違っていない。それでも、娘を外へ出すことに、朔右衛門は一抹の不安を覚えた。

「それに、泰山先生のお宅へも伺うべきです。昨日の夕方、お宅に帰っていなかったことも気になりますし、宮司さまも気にしておられるはず。泰山先生の家へ寄ってから、小烏神社へ向かう方がよいのでは？」

花枝の言うことはますます理に適《かな》っている。花枝に外へ出るなと言うことが難しくなってきた。それでも、朔右衛門の胸の内にはまだ迷いがあったのだが、

「俺が姉ちゃんをしっかり守るよ」

という大輔の言葉がそれを払拭《ふっしょく》した。

「いいだろう。今日も茂助を付けてやる。もし外が危ないようだったら、花枝はすぐに戻ること。それが難しければ、泰山先生のお宅でも小鳥神社でも、とにかく安全な場所に留まり、大輔か茂助のどちらかが戻って知らせるようにしなさい」

朔右衛門の言葉に、花枝も大輔もしっかりとうなずいた。

こうして、花枝と大輔は屈強な手代の茂助を伴い、まず泰山の家へ向かうことになった。


外は花枝が予想していた通り、静かだった。

ふだんは棒手振りや寺子屋へ通う子供たちが行き交う通りも、しんとしている。まったく人がいないわけではないが、その人たちもうつむきがちで、声を出すのを憚《はばか》っているかのような風情《ふぜい》が感じられた。

その雰囲気に呑まれたかのように、花枝も大輔も口は利かず、やがて泰山の家に到着した。

昨日の昼、二人で来た時は戸に錠が鎖してあった。夕方、大輔が訪ねた時も同じだったと聞いている。

「昨日の夕方、留守ということは、宮司さまが確かめてくださったのよね」

「そうだよ」

姉弟はそう言い合いながら、戸の前まで進み、大輔が「泰山先生」と声をかけながら、戸を叩いた。

返事はない。

大輔は引き戸の取っ手に手をかけ、右に引いた。

すると、戸があっさりと動き出したではないか。留守にしろ在宅にしろ、戸は開かないだろうと思い込んでいた花枝は目を見開いた。

「泰山先生ー。大和屋の大輔です」

大輔が戸口から声を張り上げる。声は家の奥の方へと吸われていった。

やはり返事はなかったが、花枝と大輔は顔を見合わせ、無言でうなずき合う。中へ入って確かめようという気持ちは、口にしなくとも通じ合った。

「お邪魔します」

花枝は声をかけ、大輔と共に家の中へと上がった。茂助もそのあとへと続く。

「泰山先生っ」

その姿はすぐに見つかった。玄関から入ったすぐの部屋の中に、泰山が倒れ込んでいたのである。

「どうしたんだよ、泰山先生。大丈夫か」

仰向《あおむ》けの泰山に駆け寄り、大輔が肩を軽く揺さぶった。泰山の返事はなかったが、息はしており、目は閉じられている。

「眠ってる……みたいだ」

本来なら安心するところだろうが、大和屋の客たちがいくら声をかけても目覚めなかったという話が頭にある。もしや、泰山も同じなのではないか。

「うちのお客さんで眠り込んでいたのは、蜃気楼を見た人たちだったのよね」

花枝は大輔に問うた。

「うん。お父つぁんがそうじゃないかって言ってた。話を聞いた竜晴さまもそうだろうって」

「なら、泰山先生もあの蜃気楼を御覧になったのかもしれないわね」

「そ、そうなのかも……」

大輔が急に怖気《おじけ》づいた声を出した。

「どうしたらいいんだ、姉ちゃん！」

不安げな目を向けてくる弟に、「しっかりしなさい」と花枝は言った。

「今からすぐに小鳥神社へ行って、竜晴さまをここへお連れして」

「うん。姉ちゃんはどうするんだ」

「ここに残るわ。あんたの方が足も速いし、私が行くと足手まといになるから」

「分かった」

と、大輔は表情を引き締め、うなずいた。

「じゃあ、茂助さんはここに残ってくれ」

続けて、大輔は言った。

「茂助さんはあんたと一緒に行ってもらうつもりだったけど」

外は今のところ、危険なことはなさそうだが、それでも何が起きるか分からない。

だから、いざという時、大輔を守ってくれる茂助を付けようと思ったのだが、

「茂助さんは姉ちゃんを守ってくれ」

と、大輔はきっぱり告げた。

「俺はお父つぁんに姉ちゃんを守ると誓った。そばにいられないなら、俺の代わりに守ってくれる人を姉ちゃんに付けるのは俺の務めだ」

なかなか頼もしいことを言うようになったと思う。父も先ほどの大輔の姿にそう感じたようであった。

時には、まだ姉を頼るような目を見せることもあるが、いずれ大和屋を引き継ぐのは大輔なのだ。しっかりした跡継ぎに育ってもらわなくてはいけない。

「分かったわ。それじゃあ、しっかり頼むわよ」

「お嬢さんのことはご心配なく。坊ちゃんもお気をつけて」

花枝と茂助の励ましを受け、大輔は勢いよく泰山の家を駆け出していった。

七章　神は虚ろを嫌う

一

二日前の十一月九日の夕方、泰山は江戸湾の蜃気楼を見た。

いつものように患者宅を回り終え、そろそろ帰路に就こうという時だった。日没まではまだ間もあることだし、小烏神社へも立ち寄るつもりだったのだ。

だが、途中で、海の方に突如不思議な景色が見えるといって、騒いでいる声がした。そこからは見えなかったが、高い場所ならば見えるだろうと、やじ馬たちの群れに交じって、上野の山へ登ったのだ。

そうしたら、確かに見えた。

明らかにどこかの町並み。小さな家々はよく見えなかったが、その中でも天へ向かって聳《そび》え立つ二つの高い建物は異様であった。

「あれは、蜃気楼だ」

と言う者がいて、泰山も話にだけ聞いていたそれなのかと納得した。

上野山で蜃気楼を見ていた者たちは昂奮気味に騒ぎ立てていたが、途中で誰かが「あれは薬師四郎さまのお力によるものだ」などと言い出したのを機に、泰山は山を下りてしまった。まだ蜃気楼は消えていなかったが、不快になったからである。

それ以来、頭の中がすっきりしない。

その日は小鳥神社へも行かず、家へ帰ったはずだ。翌日も往診には出かけたが、どこをどう回ったのか、よく覚えていなかった。

そうそう、途中でどうしようもなく眠くなったのだ。あれは患者宅を出て、まだ家へたどり着かぬ途中のことであった。そのまま眠り込みたいところだったが、道端で横たわるわけにもいかない。

重い頭を持て余すようにしながら歩き続けるうち、町中で喧嘩を見たのだった。何に昂奮しているのか、そういえば、あちこちで言い争う人々がいた。殴り合いになり、怪我を負う人もいたので、治療しなければと声をかけた。うるさがられ、怒鳴られもしたが、そこは決して譲らない。半分眠っているような頭で、よく治療ができたものだと我ながら思うが、慣れたことゆえ手が勝手に動いたようだ。

そうして何とか家に帰り着いた時には、もう日も暮れていたのではなかったか。

やっと眠れる。部屋へ入るなり、倒れ込んだ。その後はもう夢の中であった……。


「あなた、起きてくださいな」

優しく肩を揺さぶられて、泰山は目を覚ました。

のぞき込んでいるのは、妻の花枝だ。すでに化粧を済ませ、その名のごとく、花のように微笑んでいる。

この笑顔を毎朝見るたび、泰山は己の仕合せを嚙《か》み締めるのだった。

「ああ、おはよう」

泰山も微笑み返し、起き上がった。

「さ、まずは顔を洗ってくださいな。そしてお召し替えを」

盥《たらい》に顔を洗うための水が用意されている。泰山は顔を洗い、口を漱《すす》ぎ、それから花枝の介添えで小袖に着替えた。

「あなたがお出ましにならないと、お弟子さんたちが朝餉を召し上がれないじゃありませんか。さ、お早く」

花枝に急かされ、居間へ向かった。畳敷きの十畳ほどの部屋に、すでに膳の用意がされている。

「先生、おはようございます」

三人の若い弟子たちが挨拶してきた。彼らは泰山がその優秀さを認め、住み込みを許した弟子たちである。三人とも、医者もしくは本草学者になることを目指していた。

「うむ。皆も顔色はいいようだな」

泰山は弟子たちの顔色を確かめ、挨拶を返した。

「はい」

弟子たちは素直に返事をする。

「では、いただこうか」

泰山は弟子たちと共に朝餉を食べた。いつの間にか花枝がそっと傍らへ来て、介添えをしてくれる。

膳は決して贅沢《ぜいたく》ではないが、豆と昆布の煮物に湯がいた青菜、旬の焼き魚が載っており、朝餉にしては菜の種類も豊富であった。飯は白米と麦が混じったもので、健やかさを保つためには麦も食べた方がよいというのが、泰山の持論である。花枝はそれをきちんと守ってくれているのだ。

茶は甘蔓《あまづる》を煎じたもので、飲みやすい上、体にもいい。

朝餉を終えると、弟子たちは本草学の書物が収められた泰山の書斎へ行き、それぞれの仕事にかかる。泰山が収集した書物の整理や筆記の仕事だ。

泰山は朝餉の後は、庭の薬草畑に出向くのを日課としていた。

「旦那さま、おはようございます」

今は庭師を雇っているので、泰山が畑の世話をする必要はないのだが、自ら薬草の育ち具合を見ないと落ち着かない性分なのだ。

「うむ。当帰《とうき》の育ち具合はいいようだな」

先の尖った当帰のみずみずしい葉に触りながら、泰山は言った。

「義兄《にい》さん」

その時、背後から声をかけられ、泰山は振り返った。

「大輔」

花枝の弟で、今では実家の旅籠、大和屋の若旦那となった義弟が来てくれたのである。

「そう毎日のように出向いてくれなくていいんだよ。お前だって、今では忙しい身だろうに」

「いいえ。私が義兄さんのお顔を見たくて、勝手に来ているんです。だから、そんなに邪険《じゃけん》にしないでくださいよ」

「もちろん邪険になどするものか。お前の顔を見られて私も嬉しいし、花枝だって喜ぶだろう」

泰山の言葉に、大輔はさわやかな笑顔を見せた。

「実は、今日は義兄さんに贈り物があるんです」

大輔は言い、後ろに連れてきていた手代を振り返った。手代は三段の重箱くらいの風呂敷包みを抱えていた。

「あちらの縁側ででも御覧になってください」

大輔に勧められ、庭に面した縁側に腰を下ろして、風呂敷包みを受け取る。料理か菓子でも入っているのかと思ったが、どうも違う。かさかさと何かが動く音がするのだ。

生き物でも持ってきたのかと、急いで風呂敷を取り除いた時、

「にゃあ」

という愛らしい鳴き声がした。

「これは……」

風呂敷の中から出てきたのは、籐《とう》で編んだ物入れである。蓋を開けるのももどかしく、中をのぞき込むと、小さな虎猫がちょこんと座っているではないか。

「おお、何とかわいらしい……」

泰山は歓声を上げた。触ってもいいかと大輔に問うと、

「義兄さんに差し上げるためにお持ちしたんです」

と言う。常連客の飼い猫が仔を産み、仔猫のもらい手を探していたため、一匹譲ってもらったという大輔の話を、泰山は上の空で聞いた。

恐るおそる箱の中に両手を差し入れ、仔猫に触れると、温かく柔らかな感触が伝わってきた。少しでも力を加えれば壊れてしまうのではないかと恐れつつ、泰山は慎重に仔猫を抱き上げる。

仔猫はおとなしくしていた。そして、泰山と目が合うなり、

「にゃあ」

と、甘えた声で鳴いた。

その瞬間、どうしようもない懐かしさと愛おしさが込み上げてくる。

かつてまだ貧しい医者だった頃、世話をしていた十二匹の猫たちのことを思い出したのだ。あの猫たちは自分を頼ってくれていたのに、満足な飯を食わせてやることもできなかった。狗尾草《えのころぐさ》の穂を収穫し、それをすりつぶしたものを麦や稗《ひえ》に混ぜて与えていたのである。

そんな泰山を腑甲斐《ふがい》なく思ったのか、その猫たちは皆、突然いなくなってしまったのだが……。

あの猫たちはどうしているか。そのことはずっと気にかかっていたのである。猫の寿命を考えれば、もはやあの十二匹はこの世にいないかもしれないけれども。

「お前は、あの子らの誰かが生まれ変わった猫かもしれないな」

泰山はそう言い、仔猫に頰ずりした。仔猫もまた嬉しそうに鳴いている。

大輔は泰山がずっといなくなった猫たちのことを心に留めていることを察し、仔

猫をもらい受けてくれたのだろう。本当によく気のつく義弟である。

「喜んでもらえましたか、義兄さん」

「もちろんだとも。またとない贈り物だ」

泰山は声に力をこめて言った。

「よかったです」

大輔は満面の笑みを浮かべる。と、そこへもう一人の客人がやって来た。

「泰山」

と、呼びかけてきたのは、親友の賀茂竜晴だった。

竜晴もまた、こうして時折、泰山のもとへ足を運んでくれる。今はすっかり忙しくなった泰山が小烏神社へ行けなくなったため、竜晴の方から来てくれるようになったのだ。

「十薬を干していたのを届けにきたのだ」

と、竜晴は言い、手にしていた布袋を泰山に渡した。かつて泰山が育てていた小烏神社の薬草や薬木は、竜晴が大切に世話してくれている。今ではこうして、収穫したものを干してくれ、泰山の家まで届けてくれるのだった。

「ありがたい。お前の社で育つ草木は、やはり特別効き目のよいものばかりだからな」

泰山は礼を言って、袋を受け取った。

「その猫はどうしたのだ」

竜晴が泰山の抱える仔猫に目を細めながら問う。

「大輔がくれたのだ。今日から私の家で暮らすことになった」

「ほう。名前はもう決めたのか」

「いや、まだだが……」

泰山は「そうだ」と声を上げた。

「お前が名を付けてくれないか」

「だが、名前は主人が付けるものだろう」

「いや、名付け親という言葉もある。名を付けてくれた者は、もう一人の親となるのだ。ぜひお前に付けてもらいたい」

仔猫がその時「にゃあ」と鳴いた。

「ほら、この子もそう言っている」

「そうか。まあ、他ならぬ親友の頼みとあれば、引き受けぬわけでもないが……」

竜晴はそう呟きながら、考え込むような表情を浮かべる。

期待に胸を膨らませながら、しばらく待っていると、やがて竜晴がおもむろに口を開いた。

「お前の『泰』の字と、数字の『二』を組み合わせて、泰二《たいじ》というのはどうか」

「泰二……」

泰山は親友の付けてくれた仔猫の名を呟く。

「前に預かっていたおいちの弟分ということで、『二』と付けたのだが」

「ああ、すばらしい。この上もない名だよ。お前もそう思うだろう、泰二よ」

泰山は泰二をさらに高く抱き上げ、喜びをあらわにした。

泰二がにゃあにゃあと盛んに鳴いている。嬉しくてたまらないようだ。泰山も嬉しかった。

何という晴れやかな心躍る日々なのだろう。愛《いと》しい妻、よくできた義弟、素直な弟子たちに、かわいらしい飼い猫、そして聡明で思いやり深い親友。

すばらしきかな、我が人生。

これ以上はない仕合せに、泰山は満足の極みを味わっていた。

二

泰山が夢の中をさまよっていたその頃。

竜晴は、小烏神社に駆け込んできた大輔を迎えていた。

「竜晴さま。泰山先生が大変なんだ」

大輔は荒い息を整えながら、必死に告げた。

「もう泰山の家へ行ったのか」

「うん。今は姉ちゃんがそこにいる。泰山先生は眠り込んじまって、いくら呼びかけても起きないんだよ」

続けて、大輔は大和屋の宿泊客たちも同じ症状だったことを告げた。

「なるほど。今、深い眠りに就いて起きないのは、例の蜃気楼を見て、鵺の札を受け取った人たちだな」

「うちのお客さんについてはそうだよ。でも、そうすると、泰山先生も蜃気楼を見た上に、どこかで鵺の札を手に入れたってことになるんだよね」

大輔は首をかしげていた。

泰山は実際に四谷の洞穴で顔も合わせていたから、薬師四郎のことを怪しい者だと分かっている。仮に、蜃気楼を見てしまい、他の者たちと同様、昨日の夕方近くから昂奮した状態になったとしても、札を受け取ったとは考えにくい。

大輔の疑問もそこに根差しているのだろう。

「確か、大和屋さんの話では、騒いでいた人々は札を受け取る直前、妙な鳴き声がすると言って苦しんでいたのだったな。すると、泰山もその鳴き声を聞き、苦しさのあまり、お札を受け取ってしまったのだろうか」

「うーん、そうかもしれないけど……」

「泰山ならば、そうした苦しみにも耐え、安易な道に逃げたりはしないと、大輔殿は思うのだな」

竜晴が尋ねると、大輔は困惑気味にではあったがうなずいた。

「もちろん、俺にはその鳴き声が聞こえないから、どれくらいの苦しみかは分からないよ。だけど、泰山先生は何ていうか、間違っていると分かることに手を出したりしないような気がするんだ」

「うむ。確かに泰山ならばそうだろうと、私も思う」

竜晴が同意すると、大輔は少し安堵した様子で表情を和らげた。

「すぐに泰山のもとへ行こう。皆が眠らされているのは鵺による呪詛と思われるが、まずは症状を見せてもらいたい」

大輔の息が整ったのを見澄まし、竜晴は小烏神社をあとにした。玉水に留守を頼み置いたのはもちろんだが、小烏丸と抜丸にも玉水を守るようにと思念を送る。

竜晴と大輔はいつもよりずっと静かで、少し不気味な町並みを進み、泰山の家へと到着した。

「姉ちゃん、竜晴さまが来てくれたぞ」

大輔がそう声をかけながら、竜晴の先に立って玄関脇の部屋へと入っていく。

そこには、布団に横たえられた泰山の姿があった。花枝と手代の茂助が傍らに座って、泰山を見守っている。

「宮司さま、ありがとうございます。泰山先生がこのような具合で。どうか、泰山先生をお救いください」

花枝が竜晴に向き直って、必死に訴えた。

「無論です」

竜晴は花枝の目をしっかりと見つめてうなずいた。

「ところで、泰山の様子に変化はありませんでしたか」

「はい。時折、お声をかけてはみたのですが、まったく応じられません。ただ、息遣いはずっと安らかですし、心なしかお顔つきも穏やかなご様子で……」

花枝が空けてくれた枕もとに座った竜晴は、泰山の寝顔をじっと見つめた。花枝の言う通り、泰山の表情はいつもより仕合せそうにさえ見える。

「ふむ。よい夢を見ているのかもしれぬ」

竜晴の言葉に、「えっ」と花枝が意外そうな声を上げた。

「よい夢でございますか。泰山先生の今のご様子は、心配するようなことではないのでしょうか」

「いえ。よい夢を見ているからといって、本人にとってよいこととは限りません。むしろ、うつつより夢の中の方が居心地よくなってしまえば、二度と目覚めたくないと思ってしまうかもしれない。まあ、夢とはそのように、人の望み通りの姿を見せることもあるわけですが……」

「そのう、目覚めたくないと思っているせいで、泰山先生は今、お目覚めにならないのでしょうか。うちの旅籠で眠り込んでいるお客さんたちも同じように――？」

花枝が躊躇いがちに尋ねた。

「そうですね。まだはっきりしたことは言えませんが、よい夢を見て、仮に夢の中に居続けたいと思ったところで、人は必ず目覚めるものです。ただし、今回の夢は鵺が力を使って見せている、と考えた方がよいでしょう。鵺の目的とは、おそらく自身の力を強めることとか、人間を苦しめること、あるいはその両方かもしれません。悪意を持った妖や怪異とはそういうものですから」

「じゃあ、今眠っている人が目覚めたくないって思うのは、鵺の思い通りってことになるのかい？」

大輔が口を挟んできた。

「おそらくはそうなのだろう。今眠りに就いている人はこの泰山のように、とても安らかな状態なのかもしれない。だが、このまま眠り続けていればどうなるか。人は起きて活動をしなければ、いずれ死ぬ。鵺はもともと不気味な鳴き声で人を眠らせず、病にさせる怪異だったが、今回は眠らせて命を奪うつもりかもしれない」

「……そんな！」

花枝が切羽詰まった声を上げる。

「いずれにしても、放置しておくつもりはありませんので、ご安心を」

竜晴は花枝に向かって、きっぱりと告げた。

「とはいえ、さすがに同じ症状にかかっている人を皆、一気に救うことはできません。そのためには、この現象の大本である鵺の本体を叩かなければならないからです。ただ、今は泰山だけでも救いましょう」

竜晴の言葉に、花枝は「よろしくお願いします」と頭を下げた。

「さて」

と、竜晴は落ち着いた表情で、花枝と大輔、それに手代の茂助を順に見つめた。

「今回、このような症状になっているのは、蜃気楼を見た上で、その前後はともかく鵺の札を受け取った人と考えられます。大輔殿とも話したのですが、おそらく泰山は蜃気楼を見たのでしょう。しかし、札を受け取っているのなら、それがどこかにあるはずだが……」

花枝と茂助は、ここではそれを見ていないと言う。そこで、もう一度、皆で鵺の札を探すことになった。

「大輔殿は泰山の懐や袂を探ってくれ。花枝殿と手代殿で、まずはこの部屋の中を探してみてください」

その間、竜晴は泰山の脈や息遣いなどを調べたが、そちらに異常はなさそうである。そうするうち、

「ありました」

と、花枝が大きな声を上げた。

「こんなところに」

と、花枝が示したのは、泰山がいつも持ち歩いている薬箱の底の裏側であった。

「二枚もあるぜ」

花枝が持ち上げた薬箱の底から、大輔が札を二枚とも剝がし、竜晴に手渡した。

「鵺の絵と薬師如来の絵でございますね」

花枝が札の絵柄をまじまじと見つめながら、恐ろしそうに呟く。竜晴は薬師如来像の札に向けて「解」と唱えた。すると、偽装が解けて、もう一枚と同じ鵺の絵が

現れてくる。

「泰山が自分で貼り付けたとは思えませんから、知らぬうちに貼り付けられたと考えるのが妥当でしょう」

泰山が薬師四郎たちと患者宅で遭遇した時かもしれないし、その後、泰山が四谷の洞穴まで彼らのあとについていった時かもしれない。相手側には札を貼り付ける隙などいくらでもあっただろう。

（鵺の札にどんな効き目があるのかは、これまでずっと謎のままだったが……）

泰山が二枚の札を持たされていたことが、謎を解くきっかけになるかもしれない。

竜晴は目を閉じ、考えをめぐらした。

鵺の札は幾度か、竜晴の目に触れている。

一度目は、伊勢貞衡の屋敷や花枝たちの大和屋で、獏の札をすり替えられた時。

二度目は、薬師四郎の一団が不眠と悪夢に悩む人たちに配り歩いた時で、この時は鵺の札が薬師如来の札に偽装されていた。

三度目は、蜃気楼を見て騒ぐ人々に配られた昨夜で、この札も同じく薬師如来像に偽装。

そして、四度目が今、泰山の薬箱の底から発見されたものだ。

大きな違いは、薬師如来の像に偽装されていたか、いないか、ということ。偽装されていない鵺の札は、いずれも直に渡されるのではなく、知らぬうちに持たされていたという点が共通している。この札の役目は「人々を不眠や悪夢に誘うこと」と考えてよいだろう。

――医者先生はここ数日、少し顔色がよくないように見受けられました。

泰山のことを案じていた抜丸の言葉がよみがえる。泰山はその前、よく眠れないと言っていた。それは、鵺の札を薬箱に貼り付けられた後と考えれば辻褄は合う。

片や、薬師如来に偽装された札は、人々の不眠が治る効果を発揮したと思われている。

(その場合、札の役目は正反対となるわけだが……)

だが、いくら偽装されていようと、本来は鵺の札である。不眠を治すことなどあり得ないし、そもそも鵺には不眠を癒す力などない。

この大きな謎が立ちはだかって、解明を妨げていたのだが……。

(治したのではなく、呪詛を解いて回ったということか!)

竜晴はふと浮かんだ考えを改めて検証し始めた。

鵺――すなわち薬師四郎とその仲間たちは、まず鵺の絵札を気づかれぬよう家のどこかに貼り付けたり、持ち物に紛れ込ませたりして、人々に不眠と悪夢をばらまいたのだろう。

ある程度それが達成されたところで、薬師四郎が登場し、不眠と悪夢の呪詛を解いて回る。呪詛が解かれれば、不眠や悪夢は癒されるのだから、彼らは薬師四郎のお蔭で治ったと思い込んだに違いない。

薬師如来に偽装した札も喜んで受け取ったことだろう。だが、この札は、受け取った当初は、何の効果も発揮しないただの紙きれでしかなかった。

この札の効果は「蜃気楼を見た人々を目覚めぬ夢に誘うこと」であったからだ。

一方、人々の中には鵺の呪詛とは関わりなく、不安から不眠に陥った繊細な人もいただろうが、これを治す力は薬師四郎にはない。

だから、彼らは「本当に不眠に効く梔子」を煎じて「ご神水」と称し、人々に飲ませていたのではないか。これならば、薬師四郎の一団が洞穴で薬草を煎じていたことへの説明もつく。

そして、二日前に蜃気楼が江戸湾に現れた。

結果、蜃気楼を見た人で札を持っていた者は眠りに就き、札を持っていなかった者は昂奮状態と幻聴に苦しめられ、札を受け取らされた末に、やはり目覚めぬ夢へと誘い込まれた。

(これは幻を見せる蜃の力なのであろう。鵺はその力を利用して、人々に幻の夢を見せているというわけだ)

彼らは本当に眠っているわけではない。魂を奪われているだけだ。

そして、目覚めぬ人はいずれ死ぬ。それにより、奪った人の魂は鵺の力となるのだろう。

そんなことを断じて見過ごすわけにはいかない。

竜晴はゆっくりと目を開けた。

花枝と大輔、そして茂助までもが、息を詰めて竜晴の顔を見つめている。六つの瞳はいずれも物問いたげであったが、三人とも口を利かず、竜晴の考えを妨げないよう気遣ってくれていたらしい。

「宮司さま。泰山先生を助けていただくことはできますか」

花枝が緊張しきった声で問う。

「無論です」

竜晴は薬師如来に偽装されていた方の札を左手で持ち、右手で印を結んだ。

そして、再び目を閉じる。竜晴は静かに泰山の夢の軌跡をたどり始めた。

三

何かがおかしい。いったいどうなっているのだと、泰山は首をひねった。

それまで深い思いやりを示し、泰山の飼い猫の名まで付けてくれたというのに、その竜晴が急によそよそしくなり、帰ると言い出したのだ。

「せっかく来たのだから、花枝にも会っていってくれ」

と、泰山は声をかけたが、

「会って何を話せというのだ」

と、竜晴は冷たく言葉を返してきた。

「話などしなくてもいい。お前の顔を見るだけで、花枝は嬉しく思うはずだ」

「これという用もないのに、人に会う暇などない。私は道理に合わぬことをする気はないのだ」

「どうしたのだ、竜晴。まるで出会った頃のお前みたいだ」

泰山は何とか思いとどまらせようとしたが、竜晴はもう振り返りもせず、去っていってしまった。

「義兄さんも心無いことを言いますね」

その時、傍らに腰かけていた大輔が言い出した。いつになく冷たい物言いに驚いて顔を向けると、大輔はすっかり興醒《きょうざ》めした表情を浮かべている。

「どういうことだ、心無いとは」

「竜晴さまと姉さんのことですよ」

大輔はきつい眼差しを泰山に向けて言った。

「姉さんは竜晴さまのことをずっとお慕いしていました。それはもう、深く深く。でも、竜晴さまの方はそれらしいそぶりをまったく見せない。それで、姉さんは竜晴さまを想《おも》っても甲斐はないとあきらめてしまったんです」

泰山とて、花枝の気持ちに気づいていなかったわけではない。だから、自分でも考えないようにし、花枝自身の前でも竜晴の前でも、この話題には触れぬようにしてきたのだ。今さら何を話すようなことがある。そう思ってきたのに、こうして義弟の大輔から、面と向かって切り出されるとつらかった。

「だが、それは仕方ないだろう。縁がなかったということだ」

泰山は大輔から目をそらして言った。

「違いますよ。それは姉さんの勘違いだったんです」

「何だと」

「竜晴さまは姉さんを憎からず思っていた。私も姉さんには竜晴さまと結ばれてほしかった。けど、姉さんが誤解していたのをいいことに、義兄さんが横から姉さんをかっさらったんでしょ。うちの親父《おやじ》をうまいこと味方につけてさ。そりゃあ、本草学者として成功した義兄さんが、つぶれそうになってたうちの旅籠に金を出してくれたのはありがたく思ってますよ。けど、姉さんを犠牲にしてまで守らなけりゃならないほどの旅籠屋なのかねって、今じゃ思っちまうんですよね」

大輔はひとしきり勝手なことを言い放つと、ろくな挨拶もせず、帰っていった。

泰山のもとには、泰二と名付けられた仔猫だけが残った。

「なあ、泰二よ」

泰山は猫に話しかけた。

「私は進む道を間違えてしまったのか。竜晴や大輔からそっぽを向かれるようなことをしたというのか」

「にゃあー」

泰二がそれまでにない荒《すさ》んだ鳴き声を上げた。そして、何が気に入らないのか、突然暴れ出し、泰山の腕を引っかいたのだ。

「お、何をする」

驚いて手を離した隙に猫は地面に飛び下りると、走り去ってしまった。

「おい、待て。泰二」

泰山は腰を上げたが、引っかかれた傷が痛む。まずは、治療をするのが先だ。

泰山は家の中へ戻り、花枝を呼んだ。

「どうしましたか」

花枝はすぐに現れた。紅牡丹《べにぼたん》の花を染めた小袖姿が美しい。

「大輔が猫を連れてきてくれたんだがね。その猫が急に暴れ出して、私を引っかいたのだ」

泰山は袖をめくり、傷口を見せた。

「まあ」

と、花枝は眉をひそめる。

やはり、優しいこの妻は自分の身を心配してくれているのだ。そりゃあ、過去には竜晴のことを好きだったのかもしれない。だが、夫婦《めおと》となって何年も経った今はもう、花枝の中で大切な男は夫である自分になっているはずだ。

「傷が痛くてたまらないよ。お前、傷口を洗って手当てしてくれないか」

花枝には医者の妻として、簡単な治療くらいはできるようにと、これまで教え込んできた。こうした傷の手当ては慣れているはずだ。

「そんな傷、大して痛くもありませんでしょう？」

花枝はあざ笑うような調子で言った。

「どうしたんだ、お前。なぜそんな言い方をする」

「痛いのなら、手当てはご自分でどうぞ」

「自分では手当てしにくいから、お前に頼んでいるのだろうが」

「私は嫌だと言ってるんです。もうあなたのご機嫌を取るのはうんざり」

花枝もまた、竜晴や大輔と同じようにおかしくなってしまった。これは本当の妻ではない。花枝はこんなふうに冷たい物言いをする女ではないはずなのに……。

「いったい、私の何が気に食わないんだ」

泰山は掠《かす》れた声で訊いた。

「何が気に入らないですって？　すべてですよ。私はあなたのすべてが気に入らないんです。だって、宮司さまとは何もかもが違うんですもの」

「どうしてここに竜晴が出てくる！」

泰山は腹立ちがこらえきれず、花枝を怒鳴りつけた。しかし、花枝は少しも怯まなかった。

「宮司さまのことをお慕いしていたからに決まっているではありませんか。それなのに、どうして私はあなたなどの妻になってしまったんでしょう。あの時はどうかしてしまったんですわ」

ふてくされたように言った花枝は、それから急に袖口を目に当てると、さめざめと泣き始めた。

「ああ、宮司さま。私のかけがえのないただ一人のお方――」

泰山は花枝と向き合っていることができず、その場から逃げ出した。

「いったい、どうなっているんだ。竜晴も大輔も花枝も。私はいつだってお前たちを大事に思ってきた。かけがえのない友、愛しい妻、いじらしい義弟と思い、尽くしてきたというのに。この私に向かって、どうしてあんなにつれない態度を取る」

泰山は誰にぶつければよいのか分からぬ苛立ちと悲しみを叩きつけた。

「それは、うつつではないからだ」

不意に竜晴の声がして、泰山は足を止めた。

「お前、さっき帰ったはずなのに、どうして」

突然、目の前に現れた竜晴に、泰山は茫然《ぼうぜん》と尋ねる。いや、その前にここはどこなのだ。自分は自宅の中にいて、先ほど花枝と顔を合わせた居間を飛び出し、廊下を歩いていたはずだ。

だが、そこは家の中ではなかった。いや、薄暗くて周囲がよく見えないので、どこにいるのかもよく分からない。ただ、その中で竜晴の姿だけははっきりと見えた。

「どうしても何も、ここはお前の夢の中。道理が通るはずがない」

「夢の中だと――」

「お前は蜃気楼を見ただろう。あれと同じだ。これは幻。早く目覚めろ、泰山」

竜晴が力強い声で呼びかけてくる。

「そんな……蜃気楼は確かに見たが……。これが幻だと？　そんなはずは……」

妻が花枝で、竜晴は親友で、大輔は義弟で、自分は名の通った本草学者で――それがすべて幻だというのか。

「いや、幻などではない。これは私が望んだ形の行く末だ。私はこうありたいと望む自分に……」

泰山は竜晴の言葉に抗《あらが》おうとした。だが、竜晴のまっすぐな目に見据えられると、それに逆らうことが恥ずかしく思えてくる。

「いいか、泰山」

竜晴が両手を差し伸べて、泰山の肩をつかんできた。

「よく聞くんだ」

そう言うなり、竜晴は泰山が聞いたことのある呪を唱え始めた。

「悪事も一言、善事も一言。一言で言い離《はな》つ神、葛城《かつらぎ》の一言主《ひとことぬし》」

竜晴の姿がどういうわけか、まばゆいばかりの光に包まれ始めた。

「目覚めた後も決して忘れるな。神は虚《うつ》ろを嫌う」

輝ける光の一矢、地を焼きて
無明《むみょう》の闇を一掃せん
オン、ソリヤハラバヤ、ソワカ

光が強すぎて、もはや竜晴の姿も見ていることができない。その巨大な光は膨れ上がって、泰山をも呑み込もうとする。

「うわあっ」

泰山は目をつむると、大声を放った。

次の瞬間、泰山は目を覚ましていた。あのまばゆい光はもう見えない。

夢で見たのと同じ、まっすぐな目が泰山を見据えていた。惑《まど》いなど宿したこともないような、竜晴の澄んだ眼差しだった。

「泰山先生、お分かりになられますか」

花枝の心配そうな眼差しが心に刺さる。

「う、うむ。少し頭が重いが……大事ないと思う」

「よかったあ。心配したんだぜ、泰山先生」

大輔が安堵のあまり泣き出しそうな顔をして言った。

夢で見た人たちが今目の前にいる。当たり前だが、夢の中と同じではない。

花枝は優しい妻でもなければ、泰山を冷淡にあしらう冷たい女でもなかった。親しい知人として心から泰山を心配してくれている。

大輔もまた、夢の中の礼儀正しい義弟でもなければ、身勝手なことを言う若造でもない。泰山にとって気の置けない年下の大事な友だ。

そして、竜晴もまた——。

「私は……お前に大変な迷惑をかけてしまったのだな」

「泰山、大事ないか」

泰山は差し出された竜晴の手に縋って、身を起こしながら言った。少し頭がふらつきはするが、起き上がれないほどではない。

「私とお前の間で、迷惑をかけるの、かけられたのと、気にするようなことではあるまい」

竜晴はいつものように淡々と、落ち着いた声で言う。

「だが、すまないことをした」

泰山は竜晴の前に頭を下げた。

「花枝殿と大輔殿にも――」

「私たちにだって、礼や詫びなどおっしゃらないでください。そんな他人行儀の間柄ではありませんでしょう？」

花枝がわざと怒ったような口ぶりで、優しいことを言ってくれる。

「そうだよ、泰山先生。俺だって姉ちゃんだって、似たような感じで先生に迷惑かけたことあるんだしさ。お互いさまってことよ」

大輔がくだけた口調で、明るく言う。

皆の心遣いがありがたく、泣き出したいほど、心に沁みた。

（それなのに、私はあんな……皆に顔向けのできない夢を見て、目覚めなければよいとさえ考えていたのだ）

あの夢のことを思い出すと、恥ずかしさでたまらなくなる。

花枝や大輔は知りようもないだろうし、一生知られたくないとも思うが、竜晴はどうなのだろう。あの夢の最後に現れた竜晴は、それまでの夢に出てきた竜晴ではなく、この現実の竜晴が力を行使して登場したように思える。

それならば、竜晴はそのただならぬ力で、あの夢の中身も知ってしまったのではないか。

（だとしたら、私はこれからも竜晴の友人でなど……）

泰山はうつむいたまま、顔を上げることができなかった。

「泰山」

竜晴の声がいつになく優しく聞こえる。泰山は思わず顔を上げた。

「お前は鵺の呪詛にかけられていたのだ。これまでも物に憑かれた人の姿を見たことがあるだろうが、今回はお前自身がその標的にされたというだけのこと。たいていの人は憑かれていた時のことを忘れてしまうが、お前の呪詛は特殊だったので、記憶に残っているかもしれない。だが、うつつの人に何か悪いことをしたわけではない。だから――」

竜晴の手が肩にかけられた。あの夢の中で、呪を唱え始めた時のように――。

「気にするな。何が記憶に残っているのだとしても」

夢の中のように光り輝いているわけではないが、まっすぐな目をした美しい竜晴に見据えられ、泰山は素直に「ああ」とうなずかされていた。

「私はお前と同じような症状の人を助けねばならん。ゆえに、くわしいことは花枝殿と大輔殿から聞いてくれ」

使命に導かれる友のために何かしたいと思うが、今の自分には何もできないということも分かる。

「うむ。承知した」

と、うなずくしかなかった。

「これまでは、こうして霊や呪詛を祓った後、難を被った人の世話をお前に任せてきたが、今回はそういうわけにはいかないな」

竜晴が口もとにかすかな笑みを湛えて言う。

「ご心配なさらず、宮司さま。泰山先生の介抱は私どもでしっかりといたします」

花枝が頼もしい口ぶりで口を挟む。

「はい。よろしくお頼みします」

竜晴は花枝に目を向けて言った。それから再び泰山に目を戻すと、

「今はお前自身がゆっくり休んでくれ」

と、いつになく優しく告げた。

「……ああ」

顔を上げていられず、目を下に向けて泰山は答えた。

あの夢で見た竜晴と、こうして目の前にいる竜晴は確かに違う。だが、同じところもあると泰山は思った。

(夢の中でも、お前は私の親友だったんだ)

泰山は胸の中で竜晴に語りかけ、そのことを一人じっくりと噛み締めたのであった。

八章　梔子の実が熟す時

一

竜晴が泰山のことを花枝たちに任せ、小烏神社へ帰ってくると、そこには付喪神の獅子王が待ち構えていた。

「そろそろ来てくれる頃だろうと思っていた」

すでに客として部屋の中へ招き入れられていた獅子王を前に、竜晴は言った。

「うむ。宮司殿は、我輩をここまで案内してくれた医者を助けに出かけていたそうだが」

「ああ。泰山は二日前の蜃気楼を見てしまったらしくてな。鵺の札も知らぬうちに押し付けられていたのだが、何とか目覚めさせることができた」

その話を聞き、傍らで耳を澄ませていた小烏丸、抜丸、玉水がほっと安堵の息を漏らす。

「さすがは宮司殿。されど、今、江戸の町で眠り込んでいる人々は大勢いる。それを一人ひとり、宮司殿が目覚めさせていくわけにもいかぬだろう」

「無論そうだ。人々を一気に目覚めさせるには、やはり鵺の本体を叩かねばなるまい」

「我輩も宮司殿と同じ考えで、ここへ来た」

と、獅子王は言った。

「その前に、確かめておきたいことがある」

竜晴はそう断り、鵺の札と蜃気楼との関わりについて、自らの考えを打ち明けた。

「なるほど。奴は自らかけた呪詛を解いて回り、人間どもを騙していたというのだな」

獅子王は話を聞き、納得した様子を見せたものの、

「だが、それが鵺の目指すところであれば、将軍を苦しめたのはなぜであろうか」

と、首をかしげる。

「おそらく目くらましであろう。為政者の不調は多くの者を巻き込み、混乱させる。

現に、術者である寛永寺の大僧正さまとて、公方さまにかかりきりとなってしまわれた」

「なるほど。我輩も目くらましにかかって、おびき寄せられてしまったわけか」

「だが、獅子王殿をおびき寄せようとは奴も思っていなかったろう。下手をすればやられてしまいかねず、現に城から追い払われた」

「うむ。あの程度の力しか持たぬ奴であれば、我輩の敵ではない」

獅子王は誇らしげに首をもたげて言う。

あの時、獅子王によって千代田の城から追い払われた鵺は、もはや先延ばしにはできぬと焦って蜃気楼を出したのだろう。これによって、目覚めぬ人々は幻の世界へ連れ込まれ、半死半生《はんしはんしよう》のような状態となってしまった。いわば魂を半分食われたようなものであり、それが今の鵺の力となっている。

「であれば、今の奴はあの時よりは強くなっていると見るべきだな」

獅子王は用心深く言い、竜晴はうなずき返した。こうして互いの知見を確かめ合ったところで、

「実は、私が前に薬師四郎と顔を合わせた四谷の洞穴に、変化が起きた」

と、竜晴はおもむろに切り出した。

「どういうことだ、宮司殿」

「話した通り、すでに薬師四郎たちはあの洞穴から撤退していた。だが、鵺が蜃の力を手に入れたのなら、あそこから離れたくないはずだ。かつて大法螺貝が住んでいた洞穴には呪力が残っているからな。よって、念のため私の式神に見張らせていたのだが、奴らが戻ってきたと知らせてきた」

竜晴がそのことを察知したのは、泰山の家にいる時であった。それもあって、急ぎ小烏神社に戻ってきたのである。

「私は鵺を倒しに行くつもりだ」

竜晴が静かに告げると、

「無論、我輩も行く。それは我輩の務めでもあるからな」

と、獅子王がすぐさま続けた。

「竜晴よ。我も行くぞ」

「私もお連れください、竜晴さま」

小烏丸と抜丸も先を争うように言う。

「では、小烏丸と抜丸には先行してもらおう。千日谷《せんにちだに》の洞穴は分かるな」

竜晴は小烏丸に問うた。

「無論、忘れたりなどするものか」

小烏丸が自信を持って答え、

「仮にこやつが忘れていたとしても、私がしっかり案内いたしますので、ご安心ください」

と、抜丸が横から口を出す。抜丸は小烏丸の足に巻き付いて共に行くつもりであり、小烏丸もそれを否《いな》むわけではなかった。

「ただし、あちらには鵺がいる。奴には変化《へんげ》の力がある。お前たちの知っている鵺の姿をしているとは限らないし、薬師四郎の姿をしているとも限らない。力の大きさでよもや他の者と間違えることはあるまいが、いずれにしても奴らには近付くな。断じて、奴らの目の前に姿など見せてはならない」

「分かった。竜晴が来るまで、気づかれぬところで待つことにしよう」

小烏丸は抑制の利いた声で答え、それから抜丸を足に絡みつかせると、竜晴たちより一足先に四谷へ向けて飛び立っていった。

「では、我輩も四谷へひとっ走りするとしよう」

獅子王は立ち上がって言った。

「いや、獅子王殿には、私と共に出向いてもらいたい場所がある。私と同じように人知を超えた力を持ち、付喪神と話を交わせる天海大僧正さまのもとだ」

「もしや、鵺退治に大僧正を伴うおつもりか」

「それもあるが、立ち寄るのには他の理由もある」

竜晴はそれだけ言うと、玉水に留守を任せ、獅子王を連れて寛永寺へと向かった。

町中はいつもより人の数が少ないが、それでも黒と銀の毛色の大犬と竜晴の組み合わせは人目を引いた。

「ふむ。おぬしは目立つな」

竜晴はふつうに語りかけた。

これは通行人が少ないからではなく、仮に犬に話しかけているのを聞かれたとしても、飼い主の戯《たわむ》れのように思ってもらえると踏んでのことだ。

「うむ。いつものことだ。今日は人が少ないが、いつぞやは我輩の周りに人が集まって、進むも退くもままならなかったこともある」

と、獅子王もふつうに答えた。ただし、竜晴以外の人々には、犬の鳴き声にしか聞こえていないだろう。

「そんなに目立つ形で、よく町の見回りなどをしていたな」

「獅子の名を持つ付喪神として、己の役目を果たしていたまでのこと」

獅子王は、そこだけは黒い両耳をぴんと立て、堂々と答えた。

やがて、竜晴は寛永寺に到着したが、やはり門番からは「その犬は宮司殿がお連れでいらっしゃいますか」と問いただされた。

「はい。お聞きになってはおられないかもしれませんが、大僧正さまにもお話ししている犬でございます。大僧正さまが御覧になりたいとおっしゃるので、連れてまいったのですが」

竜晴が澄ました顔で言うと、門番は仕方ないという表情で通してくれた。

しかし、さすがに庫裏の中にまで獅子王を入れるわけにはいかない。抜丸や小烏丸のように、竜晴の力で人型になれればいいが、他人の持ち物である付喪神にそんなことはできなかった。

「すぐに話を通してくるゆえ、おぬしはここで待っていてくれ」

庫裏の前で竜晴は獅子王に告げた。

「承知した」

と、獅子王は答えたが、その目の中にはやはり焦りの色がある。竜晴は急いで案内役の小僧に声をかけ、天海への対面を求めた。

「ただ今、旗本の伊勢さまがお見えです」

と、断った上、小僧はすぐに竜晴を天海の部屋へ案内した。

事前に知らせたわけではないが、伊勢貞衡がこの場にいるのは、まさにそうなるべき運命である。これまで幾度となく、天海と共に江戸の町を揺るがす脅威と戦ってきたが、そこに貞衡の居合わせることが度重なった。時には竜晴たちと共に戦う仲間として、時には守るべき対象として。

「おお、賀茂殿。そろそろ来られる頃だろうと待っていた次第」

天海は竜晴の姿を見るなり、すぐにそう言った。

「頼まれていたものはすでに用意してある」

天海の言葉にうなずき返し、竜晴は久しぶりに顔を合わせた伊勢貞衡に挨拶する。

「伊勢殿とは枕返しの件以来でございますが、その後、お加減はいかがでしょうか。

今はお健やかになられましたか」

「その節は、賀茂殿にお世話になり申した。確かに、あの後しばらくは潑剌《はつらつ》とまではいきませなんだが、今はすっかり持ち直しております」

「それはよかった」

「それより、上さまをお苦しめした怪異が去ったと思ったら、この蜃気楼騒ぎ。何でも、蜃気楼を見た者たちが眠り込んで目覚めないと聞き及び、大僧正さまのもとをお訪ねした次第。賀茂殿もこの件、気にかけておられるのではありませぬか」

「はい。実はいくつかのことが分かり、私の推測していることもあります。まずは、そのことをお聞きください」

竜晴は鵺の札と蜃気楼との関わりについて、思うところを述べた。獅子王を伴ったことは告げなかったが、薬師四郎のいた四谷の洞穴に異変があったようであり、これからそこへ行くつもりだとも伝えた。

「おお、それならば、拙僧も共に参ろう」

天海は一瞬の迷いも見せずに言い、貞衡もまた、

「無論、それがしも供をさせてくだされ」

と、すぐに言った。

「その際、こちらが入用になるのであろう」

天海は刀掛けに置かれていた太刀を手に取り、竜晴に差し出した。

「かたじけなく存じます」

竜晴は前へ進み、両手で太刀を受け取った。

見事な黒漆《くろうるし》の太刀《たち》拵《ごしらえ》である。表面の黒漆はつややかで美しく、鈍い光はかすかな温《ぬく》もりを宿しているようだ。

「これはまた、相当な名物と見えますな。何と美しい黒漆の拵でしょう」

貞衡が感嘆した声を上げた。

「銘をお尋ねしてもよろしいですか」

興味津々という様子で訊く貞衡に、

「旗本の土岐家に伝わる獅子王と承《うけたまわ》る」

と、天海が答えた。

「おお、その名は聞いたことがあります。確か、源平が並び立っていた頃、源頼政公に伝えられた太刀でしたな」

「さよう。土岐家は源氏の血筋ゆえ、権現さまが下賜されたのだが、鵺に対して強い力を発揮する太刀でしてな。特別に土岐殿よりお借りしてまいった」

「賀茂殿がお使いになるのですか」

武士でもない竜晴が太刀を振るうのかと、意外に思うらしい。

「はい。斬るのは血の通う生き物ではなく、怪異の鵺でございますから」

「おお、それで賀茂殿がお使いになるというわけですな」

貞衡は納得の表情を見せた。

「江戸の町で武士以外の者が太刀を持つのは、まあ、よいことではないが、この非常の時、細かいことは言っていられぬ。初めから賀茂殿が持っていかれるがよろしかろう」

との天海の言葉に、竜晴は「かしこまりました」と受けた。

「では、四谷へは少しかかる。それぞれ駕籠《かご》を使って参りましょうぞ」

天海の言葉で、竜晴と貞衡も立ち上がった。

外へ向かう廊下を歩きつつ、竜晴は天海のそばへつと寄り、

「付喪神もこちらに参っております」

と、ささやいた。

「付喪神とは、それの……？」

と、天海の目が竜晴の持つ太刀へと注がれる。

「前に申し上げましたように、犬でございますので」

小声でそれだけ言い、竜晴は天海のもとを離れた。

「おや、これはまた。何と見事な美しい犬か」

何も知らない貞衡が、庫裏の前に座っている獅子王を見るなり感激している。

「大僧正さまは犬を飼われることにしたのですか」

「いや、そちらは賀茂殿がお連れになったものだ。拙僧が連れてきてほしいと申し上げたのでな」

「おお、ゆっくり御覧になることができずに残念ですな。それでは、できる限り早く事を解決しなければなりますまい」

などと言う貞衡が、家臣と共に駕籠の方へ歩いていくのを見澄まして、竜晴は太刀獅子王を付喪神に示した。

「これがあれば、間違いなく奴を倒せるであろう」

「おお。我輩の本体をご用意くださっていたのか」

獅子王が感激の声を上げた。これは、境内に響き渡るほどの遠吠えとして聞こえたようだ。

「こればかりは、おぬしの意のままにならぬからな。我々がおぬしの主人に働きかけずば叶うまい」

「まこと、宮司殿には感謝する。今日は宮司殿が我輩を使ってくださるのだな」

獅子王は嬉しそうに言った。

「そうだ」

竜晴はちらと周囲をうかがい、まだ人目があるのを確かめると、そのまま歩き出した。獅子王は黙ってついてくる。

「人のいない隙を見計らい、太刀の中に入っているといい。私は途中で駕籠を拾い、四谷を目指す」

「承知した」

獅子王は短く答え、寛永寺の門を出てしばらく進んだところで、太刀の中にすうっと吸い込まれるように消えた。上野の山を下りたところで、竜晴は駕籠を拾い、四谷の千日谷へ頼むと告げた。

駕籠が走り出した時、竜晴の手の中で獅子王の刀身が震えた。どうやら武者震いを起こしたようであった。

二

竜晴の乗る駕籠が千日谷の洞穴前へ到着した時、すでに伊勢貞衡と家臣たちは到着しており、天海を待つのみとなっていた。

一方、竜晴は小烏丸と抜丸の気配を探った。こちらは、竜晴の到着と同時に、空から舞い降りてくる鳥の影があり、すぐに小烏丸だと分かる。そして、小烏丸がとまった木の枝には、白蛇の姿もあった。抜丸を木の枝に下ろし、小烏丸だけが空から様子を探っていたものと見える。

ひとまず、小烏丸と抜丸は慎重に行動しており、その身も無事だ。

——竜晴よ。

小烏丸が呼びかけてきた。

――うむ。何か分かったことはあるか。

――中に強い力を持つものが一体。他に、力を持たぬ人間が数人いるようだ。

――分かった。私は獅子王の本体を手にしている。鵺の弱点であり切り札ゆえ、問題はない。お前たちはそのままそこにいてくれ。

竜晴が命じると、小烏丸は幾分躊躇いがちに「了解した」と答えてきた。

――竜晴を信じている。だが、万一のことがあれば、我も抜丸も動かずにいることはできぬと思う。それは、竜晴も忘れないでほしい。

――覚えておこう。

竜晴はそう答え、小烏丸との対話を打ち切った。ちょうど天海の駕籠が到着する。

「大僧正さま。洞穴の中に強力な気配が感じられます。おそらく鵺であるか、と」

竜晴が駕籠から降りた天海に告げると、天海もすぐにうなずいた。

「うむ。こちらを威圧しようとしてきよるが、何の、怪異ごときに屈するものか」

天海は数珠《じゅず》を手に握り締め、力強く言い放つ。

「はい。鵺はおそらく自らの力で眠らせた人々の魂を食らい、力を付けるつもりだったのでしょう。ですが、まだ一人の命も奪えてはいないはず。奴を倒すのならば、今しかございません」

竜晴も力強く言葉を返した。

「お二方」

その時、家臣と共に周辺に目を配っていた貞衡が、緊張した声を放った。同時に刀を抜き放って身構える。

「洞穴より何者かが出てまいりましたぞ」

貞衡の言葉通り、洞穴から数人の影がこちらへ向かってくるところであった。誰もが山伏のような鈴懸衣を着て、手にはさまざまな武器を持っている。長脇差のような刀を持つ者もいれば、鍬《くわ》や鋤《すき》のような農具を持つ者、斧《おの》を振り上げた屈強な者もいた。前に竜晴をここまで案内した男や、薬師四郎の巫女と言われていた女も見えたが、四郎の姿はない。

「どうも様子がおかしいですな」

貞衡が鈴懸衣の人々から目をそらさぬまま言った。彼らは皆、表情が虚ろで、目は空洞のようだ。

何も見ず、何も考えず、ただ何かに操られた様子で、こちらに向かってくる。

「鵺めのしわざか」

天海が唸るように言った。

「妖めが人を操る力を持ちよったか」

「大僧正さま、操られた人を痛めつけるわけにはいきません」

竜晴の言葉に「承知しておる」と応じた天海は、数珠を手に呪を唱え始めた。

魂《こん》捕らわれたれば、魄《はく》また動くを得ず。影踏まれたれば、本《もと》つ身《み》進むを得ず
ノウマクサンマンダ、バザラダンカン

すると、歩を進めていた者たちの体がその場に縫い付けられたように止まった。不動《ふどう》の金縛《かなしば》りの術にかけたのである。天海は呪を唱えずに術を行使できるが、唱えた方が効き目は強い。今回は多少の時を費やしても高い効果を狙ったようで、複数の人を同時に術にかけることに成功していた。

「伊勢殿」

間を置かず、竜晴は貞衡に声をかける。

「あの人たちが立ち上がれぬよう、すべて捕縛するか峰打ちで倒してください」

「承知」

貞衡と家臣たちが鈴懸衣の男たちに向かって走っていった。

それを見届け、竜晴は獅子王を手に、洞穴へ向かって進み始めた。途中、右手で柄《つか》をしっかりと握り、黒漆の鞘から引き抜く。

美しい反《そ》りを持つ刀身が白銀の光を放った。

同時に、洞穴からは四つ足の獣が現れた。大きく裂けた口からふうっと荒々しい息を吐いている。

四肢は強さと速さを誇る虎のもの、猿の顔に巨大に膨らんだ狸の胴、蛇の尾が付いた伝承通りの姿であった。大きさは犬の姿を取った獅子王の十倍ほどはあるだろうか。

――鵺だ。

竜晴の手にある獅子王が闘志を漲《みなぎ》らせて、竜晴に語りかけてくる。

「ヒョオー、ヒョオー」

その時、鵺が鳴いた。

身も凍りつきそうなほど冷たく、不気味な声。

同時に、それまで明るかった空が不意に陰り始めた。瞬く間に頭上を曇天《どんてん》が覆い、吹き付けてくる風は氷を含んでいるのではないかと思うほど冷たくなった。

「うわああ」

貞衡の家臣たちの中に、恐怖の悲鳴を上げた者がいた。

「頭が割れそうだっ」

騒ぎ出す者もいれば、その場で耳をふさぎ始める者もいる。

「しっかりせぬか」

さすがに貞衡は心を強く保っており、家臣を叱咤《しった》しているが、その声も立て続けに鳴く鵺の声にかき消されてしまい、家臣の耳には届いていないようである。

一方、天海の術によって動けなくなっていた鈴懸衣の男たちは、この鵺の声によって力を注ぎ込まれたものか、不動の金縛りから脱する者が現れ始めた。

「伊勢殿、迷わず峰打ちに」

もはや捕縛するなどという手ぬるいことはしていられない。

「相分かった」

貞衡はすぐに答え、また再び呪を唱える天海の声も聞こえ始めた。竜晴は鵺の本体から目をそらさなかった。

「私たちはあちらに集中しよう」

竜晴は獅子王に語りかけた。

——承知。

獅子王からの力強い返答が伝わってくる。

「ヒョオー、ヒョオー」

鵺が鳴きながら、竜晴に向かって躍りかかってきた。

竜晴はぎりぎりまで持ちこたえてから、ひらりとその前足の爪をかわした。竜晴が横へ跳んでからも、鵺は勢いを止めずに走り続け、つんのめるようにして足を止める。

振り返って竜晴を見つけた時、鵺の両眼は怒りに赤く燃え上がっていた。

怒りに任せて鵺は再び竜晴と獅子王に突進してくる。竜晴はその攻撃を軽々とかわした。

——猿の脳を持つとはいえ、所詮は獣。知恵をめぐらせることなどできぬ。

　獅子王が敵を侮る言葉を吐いた。

　――しかし、宮司殿。かわすだけでは奴は仕留められぬ。

「うむ。この刀で奴の心の臓を突かねばならぬのだったな」

　――さよう。そのためには、まず奴の隙を作らねばならぬ。それゆえ、我輩は一度、犬の姿で戦いたい。ただし、その間、宮司殿の持つ太刀は力が弱まる。付喪神の宿った太刀で斬りつければ、鵺を手負いにできるが、付喪神が離れていれば、斬りつけてもすぐに回復されてしまうという。

「その間、持ちこたえればよいのだな。私はかまわない」

　と、竜晴は冷静に答えた。獅子王は作戦を竜晴に伝えてきた。

　――ただし、その前にあの蛇の尾だけ切り落としてくれ。あの蛇に嚙みつかれたら、毒が回るのだ。

「承知」

　竜晴は鵺と正面から向き合っていたが、背後を取るべく走った。

「グウウ」

　鵺がそれまでとは違う唸り声を上げ、竜晴の動きを目で追いかける。竜晴はちょうどよい高さの木の枝に向かって跳んだ。片手で枝につかまり、鵺が目を泳がせている隙に、背後に跳び下り、蛇の尾に斬りつける。

蛇の尾は鵺の体からたちまち切り離された。シューと舌の音をさせながら蛇が竜晴の腕に嚙みつこうとしたが、竜晴が身をかわす方がそれより早い。

すかさず、太刀から付喪神の獅子王が脱け出し、その前足で、斬られた蛇を踏み潰した。

竜晴が鵺から距離を取るのと同時に、犬の獅子王が鵺の喉元に食らいつく。

「ギエエー」

断末魔の声が上がったが、それでも鵺が死ぬわけではない。なおも暴れながらのたうち回る。しかし、獅子王も食いついた獲物を放しはしなかった。

竜晴は魂の抜けた太刀で鵺の足――虎の足を斬った。傷をつけることはできるが、切り落とすことはできない。それだけの呪力が足りないのだ。

――宮司殿。

呼吸を合わせて、獅子王が太刀に戻った。竜晴は獅子王の犬が食い破った首に刃を振り下ろした。

　ザクッと不気味な音がして、意外なほどあっさりと首が落ちた。もとより鵺の体はいくつもの獣の寄せ集めであり、かつて源頼政らに斬られた跡もある。そのため、その同じ傷跡に刃を入れれば、切り落とすことは容易《たやす》いのだと、獅子王は説明していた。

　だが、それでも死なないのが鵺である。

　竜晴は獅子王から言われた通り、鵺の頭が落ちたすぐ後、刀を持ち替え、鵺の心の臓へ切っ先を突き立てようとした。

「竜晴ーっ」

　その瞬間、小烏丸の絶叫が聞こえた。

　――宮司殿っ。

　同時に獅子王も緊迫した声を上げる。何がその声を上げさせたのか、薄々察しつつ、

「よい。このまま心の臓を突く」

　竜晴は迷わず、鵺の心の臓目がけて獅子王を突き立てた。

　ぐさっ――。

刀身が敵の胴を貫くと同時に、首の後ろに熱く不快な息がかかった。切り落とした鵺の頭が、裂けた口で竜晴の首を引きちぎろうと迫っていたのだ。

竜晴が身をかわしつつ振り返ると、鵺の目玉に嘴《くちばし》を突き立てている小烏丸の姿が目に飛び込んできた。

「小烏丸……」

竜晴が身を避《よ》けるのと、小烏丸が鵺の目玉をくり貫くのと、どちらが早かったかはもう分からない。だが、

「お前が助けてくれたのだな」

竜晴は呟いた。

気づけば、抜丸は抜丸で、先ほど竜晴が切り落とした蛇の尾に嚙みついている。

——宮司殿。鵺の足を切り落とせ。

獅子王の声が迫った。

蛇の尾、猿の頭は切り離し、狸の胴の中心にある心の臓を突いた。あとは胴についている虎の足のみ。

竜晴は胴から太刀を引き抜くや、先ほど切り落とせなかった虎の足を、付喪神の

宿った太刀で一閃《いっせん》、すべて切り落とした。

「ヒョオー、ヒョオー」

これでも、鵺はまだ死なない。

ばらばらの体はのたうち回り、錯乱した鳴き声が絶え間なく続く。

その時、天海の唱える大元帥法《だいげんすいほう》が辺り一帯に響き始めた。

兵火獣《へいかじゅう》いかなる災禍《わざわい》をもたらせど、我、彼に敗れる無く、彼、我に勝ること無し
難一切を除きて、国家鎮護す
ノウボウタリツ、タボリツハラボリツ、シャキンメイシャキンメイ
タラサンダン、オエンビソワカ

悪霊、悪鬼を鎮める最大級の呪法だ。天海の声は高らかに天空を衝き、その額には汗が浮いている。

天海の大音声《だいおんじょう》に押されるかのごとく、鵺のばらばらの体は動きが鈍くなっていった。それぞれが小さくしぼんでいく。通常の猿、通常の狸の何倍もの大きさだったその頭、胴体も、本来の猿や狸のそれと同じくらいの大きさにまでなっていた。

「おのれ」

それまで人語を口にしなかった鵺が言葉を発した。驚くべきことに、先ほどまで猿の形をしていた頭がいつしか人の――あの薬師四郎の首に変わっている。人間の顔をした生首が目を憎悪に燃やして言葉を発するのは不気味であった。

「これで終わりと思うな」

薬師四郎の首は呪詛の言葉を吐き、にたりと忌まわしげに笑った。

「どういうことだ」

付喪神の姿を取った獅子王が鋭く問う。

薬師四郎は獅子王を睨みつけ、それから竜晴と小烏丸に目を向けた。

山吹《やまぶき》の花色衣《はないろごろも》ぬしや誰《たれ》　問へど答へず口無《くちな》しにして

薬師四郎は首だけになっても、滑らかな調子で歌い上げた。

――山吹の花のような色に染まった衣よ、お前の主人は誰、と尋ねても返事はない。「口無し」――梔子だから。

よく知られた諧謔歌《かいぎゃくか》にこと寄せて「何も答えない」と言ったのである。さらに、

「永久《とこしえ》に悩め」

と言うなり、薬師四郎は口をつぐみ、目を閉ざした。やがて、しぶとくあがき続けていた胴体が動きを止めると、ばらばらになっていた鵺の体はさらに砕けて崩れ落ちていく。最後には、砂粒が風に飛ばされるように、すべて消えてしまった。

辺り一面を暗く覆っていた暗色の雲もいつしか消え、鵺が現れる前と同じ明るさが戻ってきている。

「竜晴よ」

気がつくと、小烏丸がまん丸の目で竜晴を見上げていた。

「これで終わったのだな」

薬師四郎――鵺は終わりではないと言った。だが、奴は消えた。だから、終わりだと思いたい気持ちは誰の胸にもある。

竜晴は辺りの気配を探った。復活を果たした鵺に対し、終わりという言葉を使うのは正しくないかもしれないが、少なくとも今、鵺の気配は完全に消えている。

「鵺は消えた」

とだけ、竜晴は告げた。

「そうだな？」

と、竜晴が問いかけると、

「間違いない」

と、獅子王も続けた。それが犬の遠吠えのように聞こえたらしい貞衡が、

「その犬は、寛永寺にいた賀茂殿のお犬ではござらぬか」

と、今さらながら驚いた顔で問いかけてきた。

「はい。私の飼い犬ではありませんが、危うきを察して駆けつけてくれたのでしょう。まことに賢い犬です」

竜晴は獅子王の頭に手を置いた。獅子王は嬉しそうに「ワン」と一声吠える。

「かたじけない、宮司殿」

と、言ったのであった。

その後、竜晴は太刀の獅子王を天海に返し、天海は捕縛した人々の引き渡しを伊勢貞衡に任せると、駕籠で帰っていった。千日谷の洞穴は改めて役人を手配して調

べさせるという。

竜晴は犬の獅子王と共に帰路に就いた。小烏丸と抜丸には、先に帰っていればよいと勧めたが、二柱ともまるで獅子王に対抗するかのように、竜晴と一緒に帰るのだと言い張った。

「ならば、我輩の背に乗るのを許そう」

と、獅子王が告げた。まるで主君が配下に言うような物言いだが、獅子王自身はそれが無礼な言い草だとは気づいていないらしい。小烏丸と抜丸は不満を隠さなかったものの、戦った後の疲労には勝てなかったらしく、獅子王の背中に乗るのをよしとしたようだ。

カラスと蛇を背に乗せた雄々しい犬の姿は珍妙であったが、まだ静けさを保っている江戸の町ではさほど多くの人に見とがめられることもなかった。

三

はるかな昔、いまだ小烏丸が付喪神の姿を得ていない頃のこと。

太刀としての自覚を持つ小烏丸は、長年自分を大事にしてくれた主人が、人としてさほど長く生きたとも思えぬのに、間もなく黄泉《よみ》へ旅立とうとしていることを知った。

人の手によって長く大事にされてきた物の具は、やがて魂を得る。小烏丸はまさにその魂を得ようという矢先であった。すでに、人の世の理も人語も解せる。己の主人に対しては忠誠心と呼ぶべき情を抱いてもいる。

（四代《しだい》さまぁ……）

小烏丸とて、主人の平重盛《しげもり》が「四代」と呼ばれなくなって久しいことは分かっていたが、それでも他の人間たちのように「小松大臣《こまつのおとど》」とか「内大臣《ないだいじん》さま」と呼ぶより、その名で呼ぶのが好きだった。

その頃の彼が、自分と同じくらいに幼く、若く、対等な仲間と思えたからかもしれない。小烏丸がさほど成長しないうちに、相手はいつの間にやら立派な武将になり、周りの人々から頼られる存在になり、小烏丸の理解できないことを考える偉い大人になってしまったが……。

「小松大臣さまこそ、平家御一門を率いるにふさわしいお方」

重盛を称《たた》える評判は、小烏丸の耳にいくらでも入ってきた。それを聞く度に、小烏丸は嬉しくなった。まるで自分が褒められているようにさえ感じられたものだ。

その重盛が間もなく逝こうとしている。

そのことが明らかになった時、重盛の父で、かつて小烏丸の主人だった清盛《きよもり》の衝撃は大きかった。

「そなたなくして、誰に一門を託せばよいのか」

小烏丸の目から見ても、清盛は勇猛な男であったが、その彼がこれほど憔悴《しょうすい》する姿は見たことがなかった。

それでも、清盛と重盛はこの先、一門を束ねる棟梁《とうりょう》を決めねばならない。この哀れな父と子が協議をする場に、小烏丸もいた。彼らが次の棟梁と決めた相手に、小烏丸は譲られる掟《おきて》だったからだ。

候補は二人。重盛の嫡男である維盛《これもり》か、異母弟に当たる宗盛《むねもり》か。

しかし、まだ二十代前半の維盛に棟梁の任は重く、年齢からすれば、宗盛が妥当であった。宗盛の生母は清盛の正妻で、その同母妹は高倉《たかくら》天皇の中宮徳子《ちゅうぐうのりこ》。血筋からしても不足はない。

「だが、宗盛では皆がついていくまい。器の小さきことは一目瞭然だ」

清盛は憂い顔で厳しい言葉を吐く。

「私は宗盛殿のまっすぐで、情け深いところに、人はついていくと思いますぞ」

病牀《びょうしょう》の重盛は父を慰めるように言った。話し合うといったところで、宗盛以外に適当な人材はおらず、これは両者がそれを了承する場に過ぎなかった。

宗盛のことは小烏丸も知っている。確かに、器の大きさは父や兄に及ばないが、それは二人の器量が大きすぎるからでもあろう。重盛の言う通り、優しさと思いやりのある男であり、それゆえに謙虚でもあった。

ただ、重盛が壮健でいる間はその謙虚さも美徳であるが、棟梁の座に就くとなれば、周囲を不安がらせる因《もと》となる。

「このことは、私から宗盛殿に話をさせてください」

と、切り出した重盛に、清盛は「体もきつかろうに、すまぬな」と労《いたわ》りつつも、すべてを任せた。重盛を除いて、宗盛に棟梁の自覚を呼び起こし、自信を授けられる者がいないのだから仕方がない。

そして、その翌日。

重盛は宗盛を呼び出した。この日は無理を押して、重盛は病牀から起き上がり、脇息《きょうそく》に寄りかかりながらも座って対面した。

「兄上、ご無理をなさらず横におなりください。枕もとにてお話を伺いますゆえ」

宗盛は兄の病状を気遣ったが、大事な話が終わるまでは横になるわけにはいかぬと、重盛は突っぱねた。

この時、重盛は小烏丸を手もとに置いていた。

いよいよ自分は重盛の手もとを離れ、宗盛に譲られるのだということが、小烏丸にも分かっていた。

(四代さまと一緒にいたい。せめてお亡くなりになる時、おそばにいたいです)

小烏丸はその思いを伝えたかったが、付喪神になる前にはそれを伝える術がなかった。が、あったとしても、その思いを言葉にすることはなかったと思う。

重盛がどんな思いで、頼りない——少なくとも周りからはそう見られている弟に、平家重代の宝刀である自分を手渡そうとしているか、それが痛いほどに分かるからであった。

新しい平家の棟梁を支えてやってくれ、この私の代わりに——祈るような重盛の思いを、小烏丸は十分理解していた。ならば、ただ粛々と、宗盛の手に譲り渡されねばならない。

「宗盛殿」

小烏丸を手に取り、重盛は弟の名を呼んだ。宗盛が「はっ」と応じ、恭しく頭を下げる。

「そなたに我が家の宝刀、小烏丸を授ける」

厳粛な声で、重盛は告げた。宗盛は頭を下げたまま、

「不肖の身ではございますが……」

と、受けた。

この刀に恥じぬよう精進してまいります——というような言葉が続くのだろうと、小烏丸は思っていた。すでに、この場に現れた時点で、宗盛とて自分が何を言い渡されるかは分かっているはずだ。

これは儀式である。儀式にはしかるべき決まった言葉を述べればいいはずであった。

それなのに——。

宗盛はそうしなかった。

「申し訳ありません、兄上」

と言うなり、小烏丸を受け取ろうとはせず、さらに深々と額が床につくまで頭を下げたのである。

「私はその器ではないと思うのです。その気持ちを変えることは、どうしてもできませぬ」

遠慮でも謙遜でもない。それが宗盛の心の底からの、真正直な気持ちであることは小烏丸にも分かった。そして、こんなふうに本心をありのままにさらけ出す人間がいることに、少しばかり驚いていた。

そんな異母弟の姿をじっと見つめていた重盛は、叱るでも嘆くでもなく、ただ静かに頭を上げるように言い、

「我が国は『言霊《ことだま》の幸《さき》わう国』と言われるのを聞いたことがあるか」

と、世間話でもするような口ぶりで続けた。

「はい。言の葉に宿る霊力を言うものですね」

「さよう。よいか、私はこれから魂をこめた言の葉を口にする。一度しか言わぬ」

宗盛の顔に緊張が走った。

「そなたは武家の棟梁になれる器だ」

「…………」

「よいな。兄の言葉を信じよ」

現実が言葉と違っていたとしても、言霊の力によって変えることが叶う。重盛は己の言霊の力で、宗盛を棟梁の器に為すと言ったのだ。この言葉を斥《しりぞ》けられるほど、宗盛は我がままでもなければ冷たい男でもなかった。

「かしこまりました。兄上のお言葉を信じます」

宗盛はそう言い、差し出された小烏丸をしっかりと両手で受け取った。その瞬間、宗盛の胸の中の思いが、口に出した言葉と同じくらいはっきりと小烏丸に伝わってきた。

——兄上は言霊となって、この先も私を守ってくださるのですね。

兄を慕うまっすぐな気持ちであった。それは小烏丸の気持ちと共鳴した。

自分は宗盛を好きになれる。この時、小烏丸はそう思ったのだった。

重盛が亡くなり、それから二年後、清盛も後を追うように亡くなった。平家一門は宗盛の肩にのしかかることになり、やがて清盛が築き上げ、重盛が守った一門の栄華は夢のようにはかなくついえ去っていった。

重盛の死から実に六年と経たぬ元暦《げんりゃく》二（一一八五）年三月、平家の軍勢は壇ノ浦《だんのうら》にて源氏の軍勢に敗れた。

その時まで、小烏丸は宗盛と共にあった。

京を出てから、一ノ谷《いちのたに》、屋島《やしま》、壇ノ浦へと、流されていく旅であった。宗盛の苦悩は察するに余りあるものであり、小烏丸は宗盛を思って幾度となく泣いた。

それでも、宗盛を支えたのは重盛の言霊であったし、小烏丸もまたそれを信じ続けた。その一念で、宗盛と小烏丸は幾多の苦しい日々を乗り越えてきたのだった。

しかし、壇ノ浦がそうした日々に終わりをもたらした。

それまで合戦の場に小烏丸を持ち出すことのなかった宗盛が、最後の戦に小烏丸を携えたのである。

小烏丸が目にしたのは、夕陽に照らされた殺伐とした海上であった。沈みかけた船、折れた弓矢、傷ついた甲冑《かっちゅう》、沈み切れず浮かび上がる骸《むくろ》の数々。悲惨な光景は夕陽の照り返しさえ生々しい血の色のように見せる。

「言霊の幸わう国……か」

万感の思いをこめた声で、宗盛は呟いた。

「兄上は私に言霊の力を与えてくださったというのに……。そのお力をもってしても、非才の弟はご期待に沿えなかった。申し訳ございませんでした、兄上」

夕陽に向かって、宗盛は手を合わせた。

「敗軍の将たる私は、もはや何も語るまい。これは私が私自身にかける呪詛だ」

言うなり、宗盛は天に捧《ささ》げるように小烏丸を持った。

山吹の花色衣ぬしや誰　問へど答へず口無しにして

宗盛の悲しい覚悟の言の葉を、小烏丸はただ聞いていた。

「すまない、小烏丸。私はそなたの持ち主の器ではなかった。だが、一門以外の者にそなたを託すわけにはいかない」

そう言うなり、宗盛は小烏丸を持つ手を開いた。宗盛は小烏丸を海の底に沈めようというのだ。そうなればもう、小烏丸は朽ちて錆《さ》びていくだけ。この世に付喪神として生まれ出ることもできないだろう。

――宗盛さまっ！　我を捨てないでください。

小烏丸は声にならない叫び声を上げた。だが、その声は宗盛には届かない。本体が水面に触れ、水しぶきが上がる。海の底へ吸い込まれていく。

――小烏丸、お前を助けてやる。

その瞬間、小烏丸は懐かしい声を聞いた。そして、自らの体に何かが流れ込んでくるような感覚を覚えた。

――四代さま！

と、かつての主人の名を叫ぶ。

――さあ、お前はここから飛び立て。

その声に導かれるごとく、小烏丸は飛び出した。天空を目指して飛翔する。

小烏丸の付喪神が生まれ出た瞬間。

それは同時に、小烏丸の太刀本体が暗い海の底に沈んだ瞬間でもあった。

四

小烏丸ははっと目を覚ました。

起き上がって二本足で立ち、きょろきょろと辺りを見回す。ここは、小烏神社の竜晴の部屋だ。そして、自分の主人は竜晴だ。

きちんと今の自分のことが分かっていることを確かめ、小烏丸はほっとした。

「いったい、どれだけ寝ていれば気が済むんだ」

突然、尖った声が飛んできた。振り返らないでも分かる。忌々《いまいま》しい白蛇めの声だ。

「我は大事な夢を見ていたのだ。夢を見るためには寝なければならない。お前の浅い考えで、我の大事な眠りを妨げるでない」

小烏丸は堂々と言い返したが、よくよく考えてみれば、抜丸は小烏丸を無理に起こしたわけではなかった。ということは、目覚めるのを待っていてくれたということか。

そのことに小烏丸が気づいた時、抜丸が小烏丸の目をじっと見つめてきた。

「お前、思い出したのだな」

何の前置きもなく、いきなり問うてくる。

「うむ」

小鳥丸も正直に答えた。

「我は思い出した。我が四代さまと呼んでいたのは平重盛さまだ。我はあの方の太刀だった」

目覚めた時は心を平静に保つことができたというのに、語っているうちに、小鳥丸の目からは涙があふれ出してきた。神がこんなにも情に縛られるのは本来あってはならぬことだ。分かってはいる。分かってはいるが……。

「四代さまにお会いしたい」

小鳥丸は正直な気持ちを言葉にした。

「清盛さまにも宗盛さまにも――。懐かしさのあまり、胸が張り裂けそうだ」

抜丸は何とも言葉を返さなかった。ただ、小鳥丸の目から涙が出なくなるのを、じっと待ち続けていた。

今この時、竜晴と玉水がここにいないことを、小鳥丸は感謝した。もっとも彼らがいれば、こんなふうに泣かなかったかもしれない。そもそも、平家一門の人々にお会いしたいなどと口にしなかっただろうから。

では、どうして抜丸にだけは、その本音を打ち明けてしまったのか。抜丸が自分と同じ平家一門の刀だったからか。それとも――。

しかし、その先の答えにたどり着くより前に、小烏丸の涙は止まった。それを待ちかねていたかのように、

「一つ訊かせてくれ。お前の主人は誰か」

と、抜丸が問うてきた。抜丸の目はわずかな隙も見逃すまいというように、小烏丸へと向けられている。小烏丸は抜丸の目をじっと見返し、

「竜晴だ」

と、しっかり答えた。この返事に迷いはない。

「伊勢家のお侍のことはどう思っているのだ」

抜丸はさらに問うた。

「あのお侍はいくらか想像していたが、やはり四代さまに生き写しだった。今の我にはそれが分かる。だが、あの方は四代さまではないし、四代さまはもういない。

それが分からぬ我ではない」

「そうか。お前が、恐れていたほどの愚か者でなくてよかった」

抜丸は憎らしい口を利いた。

「誰が愚か者だ！」

小烏丸もいつものように言い返す。

だが、抜丸の物言いに、どこかほっとしたような響きが滲んでいることに、小烏丸も気づいていた。どうやら、この相棒に少なからぬ心配をさせていたようであった。

同じ頃、竜晴は往診の前に立ち寄った泰山と、庭の縁側で話をしていた。

「もう体はいいのか」

泰山が竜晴のお蔭で、夢から目覚めたのは昨日のことである。

「うむ。万全とまではいかないが、ふらついたりはしないから大丈夫だ」

泰山も含め、眠り込んでいた人々は鵺と蠱の呪力によって痛めつけられたようなものである。当然、その影響は体に残るし、すぐに快復するわけでもない。

「せめて今日一日、往診を休むことはできないのか」

「患者さんの容態は医者の都合になど合わせてくれないからな」

と、泰山は答えた。

「まあ、お前ならそう言うと思ったが……」

説得はあきらめ、せめて無理はするなと竜晴は言い添えた。

「結局、私が蜃気楼を見て眠り込んだのは、妖のしわざによるものだったのだな」

花枝たちからそう聞かされていたようだ。

「うむ。蜃気楼を見た上、薬師四郎の札を持つ者が、お前と同じ症状に陥ったと考えられる」

「その人たちは、今はもう目覚めているのだろう」

「その大本の妖を退治したゆえ、そうでなければ困る」

すでに江戸の町から鵺の気配が消えたことは、竜晴も確かめていた。

「そうか。お前はお前の役目を果たしたというわけだ。人々の体の具合を診《み》るのは私の役目だ」

泰山はさわやかな口ぶりで言う。

「ところで、聞いたところで、私には理解が及ばぬかもしれないが、今回、お前が退治した妖とはどんな輩だったのだ。薬師四郎が関わっていたのだろう」

　泰山から訊かれ、竜晴は薬師四郎が鵺だったと話した。さらに、遠い時代の鵺退治のことから、鵺の復活や蜃との関わりへの推測まで、すべて語り尽くす。

「私はお前の近くにいながら、これまで自分がその類の妖にしてやられることは、まるで失念していた。自分だけはそうならないと思っていたのだろうな。これでは、自分だけは病にかからないと思っている不養生の人と同じだ」

　泰山はそう呟いて、自嘲気味に笑う。それから、表情を改めると、

「竜晴、今回はお前に救ってもらった」

と、竜晴の目をまっすぐ見つめて言った。

「だから、次にお前が困った時には、私がお前を助けたい。本気でそう思っている。そのことを忘れないでくれ」

「分かった。覚えておこう」

　竜晴はうなずき返した。

「そうだった。これを持ってきたのだ」

泰山は薬箱の中から、濃い橙色《だいだい》の実を一つ取り出した。

「梔子の実がなったのでな」

実の上部には萼《がく》が細い髭《ひげ》のように伸びており、そこは黄緑色をしている。実が熟しても、皮が裂けたり割れたりしないことから、「口が無い」実ということで、「くちなし」と呼ばれるようになったとも言われていた。

「ふむ。この水気を取って、生薬として使えるようにすればいいのだな」

「まあ、そうなんだが、よければこれはお前が使ってくれ。たくあんや栗きんとんの色付けにしてもいい」

と、泰山は言った。

「はて、私はそれらの作り方は知らぬし、玉水も知らないと思うが」

泰山は少し言葉に詰まったように黙っていたが、竜晴から目をそらすと、

「……花枝殿なら知っているのじゃないか」

と、躊躇いがちに続けた。

「お前が教えてほしいと言えば、喜んで教えてくれると思うぞ」

再び竜晴に目を戻した時、泰山の表情には一抹の寂しさときまり悪さがあった。

それでも、泰山は竜晴をまっすぐに見つめてくる。

「まあ、それは玉水と相談して決めよう」

と、竜晴は言った。

「梔子の木は私の家の庭にあるんだが、この神社に植えるのはどうだろう。春から夏の頃になるが、挿し木をすればいいんだ。梔子は実が大いに役立つが、花の香りもいいものだし」

泰山は神社の庭を見回しながら言う。薬草畑は泰山によって整えられているが、あまり手入れされず枯れ草が放置された場所もあったし、空き地もある。

「うむ。お前が世話をしてくれるのならいい」

竜晴は答えた。

「では、そうさせてもらおう」

泰山は笑顔を見せた。その顔を空へと向け、

「お、カラスが飛んできた」

と、明るく言う。

小烏丸であった。家の中にいたはずだが、泰山に見られないよう、裏庭から飛び

立ち、こちらへ戻ってきたものか。いつもの庭木の枝にとまった後、小烏丸はカアと鳴いた。

（そうか）

竜晴は心の中で静かに呟く。

（取り戻したのだな。お前の大切なものを）

やがて、泰山が立ち上がった。

「では、私は往診に出かける。今日の夕方も寄せてもらうよ」

竜晴も「うむ」と答えて立ち上がり、泰山をその場で見送った。

泰山の姿が去ってから、竜晴は改めて小烏丸のいる樹上を見上げた。足もとにはいつの間にやら抜丸の気配がある。記憶を取り戻した小烏丸と竜晴の対話がどうなるのか、気にかけてくれているらしい。

その時だった。

地上へ舞い降りてくるだろうとばかり思っていた小烏丸が、何と急に空へ飛び立っていったのである。

「あやつめ、血迷ったか」

抜丸が驚きの声を上げた。この状況で、竜晴に断りなく背を向けるのはさまざまな推測を呼ぶ。

「まあ、まだ分からぬ。少し様子を見よう」

竜晴は冷静に言葉を返した。抜丸は無言のまま、気がかりそうに鎌首をもたげる。

小烏丸の飛ぶ影はいったん神社の上空から離れていったのだが、ややあってから、再び戻ってきた。そして、今度は勢いよく薬草畑の横に舞い降りてくるなり、

「竜晴よ、大変だ」

と、鳴き立てた。

「竜晴さまに対し、その無礼な態度は何だ。お前の記憶について、竜晴さまはかねてよりお心を……」

抜丸が小烏丸に対して説教を始めたが、

「我のことではない」

という小烏丸の切羽詰まった声にかき消される。

「また、江戸湾に蜃気楼が出たぞ」

「何だと」

竜晴は顔を引き締めた。抜丸はその場で固まっている。

竜晴は江戸湾の方に目を向け、すぐに印を結んだ。その場所から蜃気楼そのものは見えないが、呪力を用いて数々の障壁を視界から取り除いていけば――。

(見えた)

竜晴の脳裡に、今現れているという蜃気楼の景色がそのまま映った。

「あれは……どこだ」

先日の蜃気楼を見たという者の言葉によれば、二つの楼のような建物があったということだが、そんなものはない。あの時とはまた別の景色なのであろう。

「我には、覚えのある景色だった」

突然、小烏丸が言い出した。

「何だと」

竜晴は印を解いて、小烏丸に目を向ける。

小烏丸は緊張した声で告げる。

「あれは、都だ」

「我の知る、何百年も前の都の景色だった」

小烏丸はもう一度言い、今度は言葉にならぬ声で、カアーと鳴いた。その震える鳴き声は何かに脅えているように聞こえなくもなかった。

【引用和歌】

山吹の花色衣ぬしや誰　問へど答へず口無しにして（素性法師『古今和歌集』）

この作品は書き下ろしです。

梔子《くちなし》の木《き》

小烏《こがらす》神社《じんじゃ》奇譚《きたん》

篠綾子《しのあやこ》

令和5年6月10日　初版発行

発行人――石原正康
編集人――高部真人
発行所――株式会社幻冬舎

〒151-0051東京都渋谷区千駄ヶ谷4-9-7
電話　03(5411)6222(営業)
　　　03(5411)6211(編集)
公式HP　https://www.gentosha.co.jp/

印刷・製本―図書印刷株式会社
装丁者――高橋雅之

検印廃止

幻冬舎時代小説文庫

ISBN978-4-344-43301-4　C0193　し-45-7